本书系国家社会科学基金重点项目"中国当代文学中的民族记忆研究"
（项目编号：12AZD089）成果

中国当代民间文学中的民族记忆

黄景春——著

上海大学出版社

图书在版编目(CIP)数据

中国当代民间文学中的民族记忆/黄景春著. —上海：上海大学出版社,2020.2(2011.11重印)
ISBN 978-7-5671-3797-4

Ⅰ.①中… Ⅱ.①黄… Ⅲ.①民间文学-文学研究-中国-当代 Ⅳ.①I207.7

中国版本图书馆 CIP 数据核字(2019)第 300965 号

责任编辑　陈　强
助理编辑　王　俊
封面设计　缪炎栩
技术编辑　金　鑫　钱宇坤

中国当代民间文学中的民族记忆

黄景春　著

上海大学出版社出版发行
(上海市上大路 99 号　邮政编码 200444)
(http://www.shupress.cn　发行热线 021-66135112)
出版人　戴骏豪

*

南京展望文化发展有限公司排版
江阴市机关印刷服务有限公司印刷　各地新华书店经销
开本 890mm×1240mm　1/32　印张 6　字数 138 千
2020 年 2 月第 1 版　2021 年 11 月第 2 次印刷
ISBN 978-7-5671-3797-4/I・574　定价　42.00 元

目 录

序／1

绪 论／1
 第一节　当代民间文学的多样性／2
 第二节　当代民间文学传承民族记忆的方式／9
 第三节　当代民间文学的"记忆之场"／17
 第四节　当代民间文学的功能记忆特征／23

第一章　当代豫南盘古神话中的民族记忆／31
 第一节　活态神话呈现民族记忆／32
 第二节　盘古开天辟地的方式／36
 第三节　盘古兄妹繁衍人类的途径／41
 第四节　盘古神话中的农耕记忆／49
 第五节　盘古神话中的信仰记忆／53
 第六节　豫南盘古神话的当代重构／58
 第七节　民族记忆的地方化呈现／64

第二章　甘肃泾川西王母神话新构及仪式重建／69

第一节　回中山的西王母信仰／69

第二节　西王母神话新构／73

第三节　西王母祭拜仪式的重建／79

第三章　黄道婆传说的当代建构及社会记忆转型／86

第一节　古代黄道婆的传说与祭祀／87

第二节　近现代黄道婆记忆方式的转变／92

第三节　当代黄道婆传说的建构／98

第四节　海南黄道婆传说的资源化生产／107

第五节　建构黄道婆传说的人及其诉求／116

第六节　当代传说建构社会记忆的动力学分析／121

第四章　都市传说中的文化记忆及其意义建构
　　　　——以上海龙柱传说为例／126

第一节　都市传说的文学研究视角／127

第二节　上海龙柱传说的多种讲法／128

第三节　龙柱传说的角色与母题／134

第四节　都市传说承载的文化记忆／137

第五节　都市传说的意义建构功能／141

第五章　当代红色歌谣中的文化记忆
　　　　——以湘鄂西红色歌谣为例／144

第一节　湘鄂西苏区对红色歌谣的利用／145

第二节　当代湘鄂西地区红色歌谣的编创／149
第三节　当代湘鄂西红色歌谣的主要内容／154
第四节　当代红色歌谣承载的社会记忆／162

余　论／167

第一节　作为民族记忆媒介的民间文学／167
第二节　当代民间文学中民族记忆的特点／170

参考文献／175

序
王光东

本书是我主持的国家社科基金重点项目"中国当代文学中的民族记忆研究"的结项成果之一,由黄景春撰写完成。在项目申报和成果撰写过程中,上海大学的曾军教授,杨位俭、常峻副教授也曾参与讨论并提出了许多宝贵意见。正是在大家的共同努力下,项目达到了国家社科基金结项要求,现在作为项目成果出版。

本研究从宏观的理论层面深入分析中国当代作家文学、民间文学与民族记忆的互动关系,说明民族记忆在中国当代文学发展过程中的重要意义。在全球化背景下,各民族的文化都将进入一个开放与交融的新的发展时代,在这种历史背景下,如何重新理解本民族的传统文化、保持民族文化的个性,成为我们理应思考的一个重要问题。

在中国当代文学的发展过程中,民族记忆构成了作家文学作品的重要内容。本研究成果主要阐述的问题是民族记忆如何参与了中国当代文学的发展进程,又是如何参与到新中国建设、改革开放的过程当中。民族记忆在文学书写过程中表现出它的丰富性和复杂性,不管时代怎么变化,民族记忆总有不变的东西存在,否则记忆就不能称其为记忆,这也是本研究论述的一个重点。

民间文学作为中国文学的重要部分,是本研究关注的另一个重要内容。相比于文学史上的作家文学来讲,民间文学更加具有复杂性。这种复杂性与民间复杂的言说、编纂者的不确定性等特点息息相关,这就相应地造成了民族记忆在民间文学中的鲜活存在。本研究通过几个典型的个例对民间文学中的民族记忆进行了深入的解读,由此说明了民族记忆在当代中国民间文化中的重要意义。

在当代文学的历史上,吸引读者阅读目光的不仅有数量众多的汉族作家,同时还包括来自各少数民族的代表性作家。少数民族文学创作一直是中国当代文学的重要组成部分。比如新中国建立以后藏族的《萨格尔王》、蒙古族的《嘎达梅林》、彝族的《阿诗玛》等。新时期以来,少数民族作家异军突起,产生了很多优秀的作家作品,如回族作家霍达(《穆斯林的葬礼》)、藏族作家阿来(《尘埃落定》)、扎西达娃(《西藏,系在皮绳扣上的魂》)、满族作家叶广芩(《全家福》《采桑子》《梦也何曾到谢桥》)、赵玫(《我们家族的女人》)、仫佬族作家鬼子(《被雨淋湿的河》《一根水做的绳子》)、鄂温克族作家乌热尔图(《一个猎人的恳求》《七岔犄角的公鹿》《琥珀色的篝火》)等。因为本课题所要研究的是当代文学中的民族记忆书写问题,正如前文中有所界定,"民族记忆"的"民族"主要是指中华民族,如果不涉及少数民族文学显然是不合适的,但研究者所能接触到的少数民族文学基本上是少数民族作家采用汉语创作的部分,未能对少数民族文学的其他大量作品有充分的掌握。由于学识和能力所限,只能把接触到的少数民族文学单独作为一章,做了一个概述式讨论。

小说成为本课题的重要论述对象也需要在此作一说明。中国当代文学中的诗歌、散文、戏剧等文学样式虽然也取得了重要的成就,但是从民族记忆与文学创作的关系来看,小说相比于其他文学体裁而言,体现出更为丰富的民族记忆的内容,因此本课题以小说为主要研究对象,同时兼及诗歌、散文、电影、戏剧等文学体裁。

在课题成果出版之际,作如上说明的目的是为了便于大家了解课题的研究内容,也借此向上海大学出版社表示衷心的感谢。

绪　论

　　民间文学是民族记忆的重要载体,同时也是民族记忆的重要表现形式。20世纪80年代以来,中国各地方、各民族的200多万名基层文化工作者在"民间文学三套集成"(《中国民间故事集成》《中国歌谣集成》《中国谚语集成》)编撰工程中,搜集整理出大量的包括神话、传说、故事、歌谣、史诗、叙事诗、格言、谚语等在内的民间文学作品。"这是我国有史以来最大规模的民间口头故事文字化、书面化的运动,被称为建设中国民间文化的万里长城。"[1]截至1990年,这场民间文学搜集运动共整理出歌谣320万首、民间故事183万篇、谚语784万条,总字数达40亿字。各地选编的地(市)、县卷本超过3 000种,在此基础上,全国31个省(市、自治区)精选出各自的省卷本3卷,共93卷。这场民间文学搜集整理运动"是中国民间文学史,甚至是中国文化史上的一项宏伟工程"[2]。2005年我国又展开了非物质文化遗产普查工作,随后几年,各地整理出大量的口承故事、歌谣和谚语。这些民间文学作品中的相当大一部分是第一次发表或出版。

---

[1] 万建中:《民间文学引论》,北京:北京大学出版社2006年版,第52页。
[2] 刘锡诚:《民间文学:理论与方法》,北京:中国文联出版社2007年版,第431页。

当然，这两场规模宏大的民间文学搜集整理运动不可能穷尽全部的民间文学作品。甚至可以这样说，这些作品只不过是中国民间文学中的九牛一毛。因为民间口头文学有着取之不尽的存量，而且每一个时代，每一年，甚至于每一天，都在产生新作品，每一种作品都会生成无数口头异文，所以它的数量是无法穷尽的。相比之下，已经搜集和整理出来的民间文学作品，永远只是其中的一小部分。

那么，什么是民间文学？当代民间文学有什么特点？民间文学与民族记忆的关系如何？国家意识形态是如何被建构到民间文学中的？当代民间文学承载了怎样的民族记忆？这些是本文探讨的几个主要问题。

第一节 当代民间文学的多样性

什么是民间文学？钟敬文在《民间文学概论》一书的开头就给民间文学下了一个定义："民间文学是劳动人民的口头创作，它在广大人民群众当中流传，主要反映人民大众的思想感情，表现他们的审美观念和艺术情趣，具有自己的艺术特色。"①这本在"文化大革命"结束不久编订的教材，对民间文学的定义采用的是外在视角，且带有明显的阶级论色彩。实际上，钟先生的这个定义，有现当代话语体系的强力支撑。中国民间文学从诞生以来，从来没有离开过国家体制，总是跟国家意识形态结合在一起。户晓辉曾指出："中国现代民间文学或民俗学研究自一开始就不是作为一个学

---

① 钟敬文：《民间文学概论》，上海：上海文艺出版社1980年版，第1页。

科,而主要是作为一种意识形态才发生和发展起来的。在'重估一切价值'的口号下,现代民间文学或民俗学研究者们大多有一个自觉或不自觉的'预设',即无论他们研究的是歌谣、故事、童话、谚语、谜语或方言土语,在他们眼里,这些东西就不仅仅是他们本身,还是曾经受到压制和扭曲而急待被发现和解放的文化资源,它们不仅是反对封建上层文化的利器,更是建设新文化惟一可靠的基础或资源。"①这种意识形态化利用在1949年以后表现得更加明显。民间文学因为被贴上了"劳动人民"创作的标签而具备了列宁所谓"人民性"的阶级属性,在历次政治运动中都受到重视和利用。20世纪50年代后期在新民歌运动基础上结集而成的《红旗歌谣》《新民歌三百首》,是国家在政治运动中利用民间文学的范例。近年中国非物质文化遗产保护运动勃兴,各地搜集整理神话、传说、歌谣、史诗和谚语申报非遗项目,也带有地方化的政治诉求。民间文学从来都无法脱离其社会语境而独善其身,它甚至没有书面文本而仅是一种口头表演(广义上的文本),因而它也不是纯粹的文学,而是一种生活文化。所以,给民间文学下定义,从来都是吃力不讨好的事情。钟敬文40年前在教科书中给民间文学所下的定义,无论曾经的影响多么巨大,在今天的学者看来都已经显得落伍了。近年高丙中、吕微、万建中、户晓辉等人对民间文学的讨论,更多集中于民间文学的主体性、自在自为性、内在目的性、生活实践性等特征,讨论的话题已经从工具理性转变为价值理性,从社会功能层面上升到哲学层面。从中可窥见当代中青年民间文学研究者的知识谱系已经发生了巨大转变,他们的思考维度和学术雄心已

---

① 户晓辉:《现代性与民间文学》,北京:社会科学文献出版社2004年版,第145—146页。

不再是论证民歌或神话的社会功能,而是人类知识的形成过程及其价值判断的内在机理。

民间文学是谁创作的?在哪些人当中流传?这些都是民间文学研究的基本问题。讨论这些问题,就要讨论民间文学的"民"到底是什么人。这在民间文学、民俗学研究领域内是一个被反复讨论的话题。

民间文学的"民"具有多样性、可变性。就中国传统而言,"民"对应"官","民间"对应"官方","民众"对应"官吏"。士农工商即所谓"四民",是站在官方立场上对民众的区分。在英语中,民间文学的"民"写作 folk, 意为 the common people of a country(一个国家里的普通人)。"民间文学"对应的英语单词 folklore, 也有民众知识、民俗的意思。欧美对民间文学、民俗学的研究,从来都离不开对"民"的范畴的讨论。1977 年,美国民俗学家阿兰·邓迪斯(Alan Dundes)发表了著名的论文《谁是民?》(*Who Are The Folk?*),从理论上对欧美一百多年来"民"的概念流变做了一次清理。户晓辉对此文有一个很好的概括:

> 邓迪斯首先指出,在科学昌明的语境中讨论民或民俗似乎有些似是而非,因为民俗与谬误的带贬损意味的联系由来已久,民俗正是科学从中脱身的东西。……他认为,19 世纪对"民"这个术语的各种用法的一个主要问题在于,它通常被界定为一个附属的而非独立的实体。也就是说,"民"在与其他一些人群的对比或反差中获得界定。民被理解为社会下层的人群,与社会的上层和精英形成对比。民一方面与"文明"形成对比——他们是文明社会中的不文明成分——另一方面,他们也和在进化阶梯上处于更低位置的所谓野蛮社会或

原始社会形成比照。所以,民作为一种守旧的成分生活在文明的边缘,它实际上仍然被等同于农民这个概念。民在文明的精英和未曾文明的"野蛮人"之间占据一个中间的位置,这一点可以通过对读写能力的强调而感觉到。民被理解为"一个识字社会的文盲"。①

也就是说,在欧美学界,流行着把民间文学当中的"民"等同于文明国家社会进化的落伍者的看法,因而民间文学也被视作由这些乡民、陋民传承和享用的文化"遗留物"(survival)。这种观念在20世纪的美国首先遭到质疑。1906年萨姆纳(W. G. Sumner)在《民俗论》(Folkways)一书中指出,原始人、古人创造民俗,现代人继承古俗也创造新民俗。② 实际上,"民"绝不限于古人,也有当代人;不限于乡下人,也有城市人,甚至知识分子。阿兰·邓迪斯认为,对民间文学中的"民"要重新界定。他认为:

> "民"这个词,可以指"任何民众中的某一个集团",这个集团中的人,至少都有某种共同的因素。无论它是什么样的连接因素,或许是一种共同的职务、语言或宗教,都没有关系,重要的是,这个不管因为何种原因组成的集团,都有一些它们自己的传统。在理论上,一个集团必须至少由两个人以上组成,但一般来说,大多数集团是由许多人组成的。集团中的某一个成员,不一定认识所有其他成员,但是他会懂得属于这个集团的共同核心传统,这些传统使该集

---

① 户晓辉:《现代性与民间文学》,北京:社会科学文献出版社2004年版,第52—53页。

② 高丙中:《中国民俗概论》,北京:北京大学出版社2009年版,第4页。

因有一种集体一致的感觉。①

邓迪斯把"民"解释为具有共同传统的任何职业群体中的人,已经超越了过去把"民"限定为乡下人、土著居民、受教育较少的人等范畴。这种超越在中国也同样在尝试和探索。1922年12月北京大学创办的《歌谣周刊》,周作人起草的《发刊词》介绍了征集歌谣的两个目的,一个是学术的,一个是文艺的,"从这学术的资料之中,再由文艺批评的眼光加以选择,编成一部国民心声的选集"。从这个表白可以看到,《歌谣周刊》同仁们把民间歌谣所表达的情感,看作是"国民心声",言外之意,这些歌谣是"国民"(普罗民众)的创作。这种探索在1928年中山大学《民俗周刊》"发刊词"中也可看到。这篇发刊词把"民"限定为与皇帝、士大夫、儒道相对的农夫、工匠、商贩、兵卒、妇女、小孩等,即等同于一般平民。1949年以后,民间文学的"民",正如前文引述钟敬文给民间文学所下定义显示的那样,主要指"劳动人民",把官僚、地主等剥削阶级排除在了"民"之外。这种限定在改革开放以后被逐渐突破。1983年5月,中国民俗学会成立,钟敬文在成立大会上做了一个长篇演讲,其中也谈到了"民"的问题。他说:"一个国家里大部分风俗,是民族的(全民共有的)。当然,民族里面又包含着一定的阶级内容。……重要的是民俗,在一个民族里具有广泛的共同性。"②他还阐述了民间文学不仅出现在农村,也出现在城市;不仅产生于古代,也产生于现代。受此启发,也由于受到欧美学界对"民"的讨论

---

① [美]阿兰·邓迪斯:《世界民俗学》,陈建宪、彭海斌译,上海:上海文艺出版社1990年版,第2—3页。该段第一句原译作"'民众'这个词",笔者引用时,对照原文略改。

② 钟敬文:《新的驿程》,北京:中国民间文艺出版社1987年版,第383页。

的影响,20世纪90年代以后,中国民间文学、民俗学研究者对"民"的界定已经出现了十分开放的态度。高丙中指出:"现在比较全面的观点是把'民'定义为任何社会、任何群体的人,即各种家庭成员、乡村成员、社团成员、市镇成员、民族成员等。"①依此说法,则"民"就是全民,任何社会成员都包含其中。过去一向被排斥在"民"之外的帝王将相,难道就不了解神话传说,不懂方言俗语?他们可能比普通百姓懂的更多,利用也更多。那么,研究者就没有任何理由把他们排除在民间文学的"民"之外。因而,民间文学具有全民性,是一国之民共同享有的口头文学。

然而,事实上,当代民间文学的新发展,让民间文学越来越多的以书面文本的样式呈现在众人面前,被指认为民间文学主要特征之一的"口头性"正在弱化。歌谣的创作,故事的编撰,越来越多的是在书案上或电脑上,而不是在讲述或讲唱现场完成的。过去研究者通过田野调查获得口头文本,经过整理写定为书面文本。这个书面化过程,对于口头文本的凝练和固化,进而形成民间文学经典性作品(如《孔雀东南飞》《木兰辞》等)起到很大作用。但是,当今是一个几乎人人识字的时代,所有的口头创作都可以轻易地被转换成书面文本;甚至,当人们心有所感时,首先不是咏唱或讲述,而是先把心中所感写成文本,然后再通过书面、荧屏(或银幕)、短信(或微信)及互联网进行传播,转化为口头表述反在其后。民间文学的第一呈现方式越来越书面化,这在当代已是不争的事实。20世纪50年代全国基层文化干部在水利建设和"大跃进"中创作的新民歌,是以书籍、报刊发表的形式传遍全国的。当代不断涌现的红色歌谣,究其来源,绝大多数也是由当代文人在调查或阅读的

---

① 高丙中:《中国民俗概论》,北京:北京大学出版社2009年版,第5页。

基础上摹仿第二次国内革命战争时期的革命歌谣创作而成的。一些庙会、节日庆典上吟唱的仪式歌谣(如陇东春官词、庙会颂神歌)同样是文人的书面创作,吟唱或朗诵只是对书面文本的发表形式。近年的一些黄段子、时政笑话则是以手机短信或微信为媒介迅速传播的。民间文学已经进入文化人积极参与的"多媒体"时代,书面性加强,口头性弱化了;不过口头表演仍是民间文学的主要表现形态之一。与此同时,民间文学的集体性并没有弱化,每位有读写能力的人都是潜在的创作者,也是传播者和修订者,他们是包括工人、农民、教师、公务员、公司白领等在内的全体民众。当今所谓的"民众",是各种受过学校教育的人,其中既包括受教育程度较高、已经知识化、专业化的人,也包括受教育程度较低、主要从事体力劳动的人。在当代中国,几乎所有人都具有阅读短信(或微信)、浏览网页的能力,他们因而也有了汇入故事、歌谣的传播、编创过程的途径,这就是民间文学的新现实。

当今数字化时代的网络文学呈现出纷纭复杂的热闹景象,但其描述的主要是民间的生活面貌和民众的情感世界,有人称之为"新民间文学"①。它以网络民间文学为主,包括两个方面的内涵:

> 一是传统意义上的民间文学通过互联网这个新的媒介传播而产生的新的文学样式;二是信息化时代数字化媒介所带来的具有民间化特征而又有别于传统民间文学的新的文学样式。信息化时代,网络的高速发展产生了一个日益庞大的新

---

① 杨汉瑜:《论网络文学的民间性创作立场》,《西南民族大学学报》2013年第4期,第179页。

的社会群体——网民,网络媒介也进入了文学的内部,产生了反映网民这一民众群体的生存环境和状态、语言表达方式和语境的网络民间文学。……随着社会的发展,待到网民成为民众的代名词后,网络民间文学也就与民间文学无异了。①

诚如所言,网络为传统民间文学的传播提供了新的、便于交互的媒介,同时也催生了新的民间文学样式。图文并存、声情并茂的新故事、新笑话、新说唱,在手机或互联网上传播特别方便。当代都市传说、社会谣言、网络小说也借助于互联网这一新媒体手段广为传播。这些都丰富了民间文学的内涵,是当代民间文学最新颖、最活跃的部分。

第二节 当代民间文学传承民族记忆的方式

当代内容纷纭、体裁多样的民间文学,承载了丰富的民族记忆,也是当代民族记忆的表现形式。当然,笔者这里使用"承载"一语,并没有暗示民间文学静态载负民族记忆的意思,并不排除民间文学对记忆的重新编码作用。"传承"也不是原样的复制,而是在时代语境中重构后的信息传递。

民族记忆,是一个民族的集体记忆,也是一种文化记忆。这里首先需要界定一下"民族"这个概念。现代意义上的"民族"

---

① 冯秀英:《信息化背景下民间文学理论体系重构的思考》,《云南民族大学学报》2013年第4期,第52页。

(nation),具有相当多的政治含义。本尼迪克特·安德森认为:"(民族)是一种想象的政治共同体——并且,它是被想象为本质上有限的(limited),同时也享有主权的共同体。"①安德森对"想象的共同体"做了如下三点解释:首先,民族有限性,即一个民族无论成员多么众多,都是有边界的;其次,任何民族的自由,都是以"主权国家"的获得为象征;第三,民族内部虽不平等,但总是被设想成为一种有着深刻的平等和爱的情形,进而人们甘愿为自己的民族去屠杀或从容赴死。② 安德森的"想象的共同体"基本上是在"民族国家"的意义上去定义民族,这就在"民族"的复杂含义中消除了种族、遗传等体质人类学的成分,偏重于从历史文化和政治组织的角度去理解民族。安德森关于民族是"想象的共同体"的论述,在中国当代文学和文化研究界,已经成为引人注目的话语,"为人们逾越既有的民族主义理论的政治经济学范畴,从文学/文化文本的话语层面探讨民族国家建构,提供了诸多启示"③。然而,在多民族杂居、融合的中国,民族与国家是两个分离的概念。"民族"既指汉族、藏族、回族、蒙古族、维吾尔族、彝族、苗族、壮族等各具文化和历史的民族,也指各民族长期融合形成的中华民族。后者既是"想象的共同体",也是休戚与共的命运共同体。梁启超于1899年撰写的《东籍月旦》一文中出现了"东方民族"这个新名词。在中国的现代化历史中,一直面临着血统的种族、文化上的民族集团和政

---

① [美]本尼迪克特·安德森:《想象的共同体:民族主义的起源与散布》,吴叡人译,上海:上海人民出版社2003年版,第5页。

② [美]本尼迪克特·安德森:《想象的共同体:民族主义的起源与散布》,第6—7页。

③ 邹赞、欧阳可惺:《"想象的共同体"与当代西方民族主义叙述的困境》,载欧阳可惺等编:《民族叙述:文化认同、记忆与建构》,广州:暨南大学出版社2013年版,第121页。

治上的民族国家等多重的"民族"焦虑,一般把这些焦虑放在一起考虑,这就造成了民族国家多重含义的一体性。中国既拥有多个文化传统有别的民族,同时它们又构成了统一的中华民族,有些学者将后者称之为"大民族主义"①。当代中国语境中的"民族国家"指的是由56个民族"多元一体"共同构成的中华民族所组成的国家。本书讨论的民间文学,主要是汉族民间文学,也会涉及其他民族的民间文学;因而,所讨论的"民族记忆",也就是以汉民族为主体的中华民族的集体记忆。

"集体记忆"是法国社会心理学家莫里斯·哈布瓦赫(Maurice Halbwachs)首先提出的一个概念。哈布瓦赫首次给记忆赋予了社会学意义,强调个体只能在社会的框架中进行记忆。他认为,记忆产生于集体,只有参与到具体的社会互动与交往中,个体才有可能产生回忆。关于个体记忆与集体记忆的关系,他说:"个体通过把自己置于群体的位置来进行回忆,但也可以确信,群体的记忆是通过个体记忆来实现的,并且在个体记忆之中体现自身。"②集体记忆的本质是立足当下需要而对"过去"的重构。哈布瓦赫认为:"它(宗教记忆,跟集体记忆一样)不是在保存过去,而是借助过去留下的物质遗迹、仪式、经文和传统,并借助晚近的心理方面和社会方面的资料,也就是说现在,重构了过去。"③他在另一个地方论述道:"记忆在本质上是立足现在而对过去的一种重构,人们如何构建和叙述过去,在很大程度上取决于当下的理念、利益和期待,

---

① 魏朝勇在《民国时期文学的政治想象》一书中介绍了梁启超对这种"双向"民族主义的复杂思考,不过梁启超最终还是把民族主义的取向定位在中华民族这一"大民族主义"上。

② [法]莫里斯·哈布瓦赫:《论集体记忆》,毕然、郭金华译,上海:上海人民出版社2002年版,第71页。

③ [法]莫里斯·哈布瓦赫:《论集体记忆》,第200页。

而记忆的建构更受到权力的掌控。"①集体记忆总是根据当下的需要,出于某种当下观念、利益和要求对过去进行重构。正是在这个意义上,集体记忆也被哈布瓦赫称作"社会记忆"②,而作为一个族群的群体记忆又被他称作"民族记忆"。

哈布瓦赫的集体记忆理论长期遭到学界的遗忘,直到20世纪80年代才又被挖掘出来,并给予重新评价。法国的皮埃尔·诺拉所做的"记忆之场"研究,德国的扬·阿斯曼(Jan Assmann)和阿莱达·阿斯曼(Aleida Assmann)夫妇进行的"文化记忆"研究,都汲取了哈布瓦赫集体记忆的理论成果,当然也做了某些批评。

扬·阿斯曼在《文化记忆》一书中将人类记忆的外部维度分为四个部分:模仿性记忆、对物的记忆、交往记忆、文化记忆。他主要比较了短时性的交往记忆与恒久性的文化记忆③,而专注于对文化记忆的研究。他所称的文化记忆具有认同具体性或群体关联性、重构性、成型性、组织性、约束性、关照性等特征。④ 在他看来,一个民族的仪式和节日构成了文化记忆的"首要组织形式"。他说:

> 在无文字社会中,除了亲自参加集会之外,没有其他途径

---

① [法]莫里斯·哈布瓦赫:《论集体记忆》,第43—45页。
② 与哈布瓦赫同时代的阿拜·瓦尔堡也曾使用"社会记忆"的概念,并讨论过人类的"回忆共同体"的框架,但他的研究也长时间被冷落,直到20世纪80年代才被新的记忆研究扩充和延伸。比如,哈拉尔德·韦尔策曾将"社会记忆"定义为"一个大我群体的全体成员的社会经验的总和"。(参见[德]哈拉尔德·韦尔策:《社会记忆:历史、回忆、传承》,季斌等译,北京:北京大学出版社2007年版,第16页)
③ [德]扬·阿斯曼:《文化记忆:早期高级文化中的文字、回忆和政治身份》,金寿福、黄晓晨译,北京:北京大学出版社2015年版,第10—12,41—51页。
④ 冯亚琳:《德语文学中的文化记忆与民族价值观》,北京:中国社会科学出版社2013年版,第34—35页。

可以使集体成员获得文化记忆,而集会需要理由:节日。节日和仪式定期重复,保证了巩固认同的知识的传达和传承,并由此保证了文化意义上的认同的再生产。仪式性的重复在空间和时间上保证了群体的聚合性。①

节日和仪式也是口头表演和文本生成的时间窗口。节日期间的神话讲述、戏剧演出,仪式上的史诗表演、歌谣唱诵,都是民间文学展示其文化功能的时候。民间文学表演活动构成了节日和仪式的重要内容。在这样的活动过程中,文化知识、群体认同都得以传达,民族记忆也得以延续。

民族记忆也是欧洲新记忆研究经常讨论的话题。扬·阿斯曼和阿莱达·阿斯曼合著的《昨日重现——媒介与社会记忆》一文,比较了官方记忆的政治特点与民族记忆的文化特点,然后引用本-阿夫纳的话说:"民族记忆属于莫里斯·哈布瓦赫所研究的集体记忆,却比其他所有的记忆都更广泛,因为它跨越了社会、种族、地理三种界限。"②民族记忆依托于该民族的宗教圣典和文学经典,也包括民间文学经典作品。"民族认同及其稳定持久性是受制于文化记忆及其组织形式的。民族的消亡(除了印加帝国这种极特殊例子),不是有形物质的消失,而是在集体、文化层面上的遗忘。"③因而,维持一个民族的文化记忆,对于该民族的文化特质的

---

① [德]扬·阿斯曼:《文化记忆:早期高级文化中的文字、回忆和政治身份》,第62页。
② [德]扬·阿斯曼、阿莱达·阿斯曼:《昨日重现——媒介与社会记忆》,冯亚琳、[德]阿斯特莉特·埃尔主编:《文化记忆理论读本》,北京:北京大学出版社2012年版,第29页。
③ [德]扬·阿斯曼:《文化记忆:早期高级文化中的文字、回忆和政治身份》,第168页。

保存,对于增进民族的内部认同和社会稳定,都具有无比重要的意义。

那么,一个民族怎样维持其文化记忆传承不废呢?在扬·阿斯曼看来,从历史的角度看,文化记忆的保持有两种方式:仪式关联和文本关联。所谓"仪式关联",是指一个族群借助于对仪式的理解和传承实现文化的一致性。这些仪式可被称作"记忆的仪式",其中附着了各种知识,在举行仪式的时候念诵宗教经文、讲唱神话、吟诵史诗,知识获得了传承的机会。在无文字社会或民间社会,重复举行的节日仪式是保持文化记忆的重要途径。"文化记忆以回忆的方式得以进行,起初主要呈现在节日里的庆祝仪式当中。只要一种仪式促使一个群体记住能够强化他们身份的知识,重复这个仪式实际上就是传承相关知识的过程。仪式的本质就在于,它能够原原本本地把曾经有过的秩序加以重现。"① 在无文字社会或民间社会,每次举行的仪式都相吻合,各种文化知识和文化意义就以"重复"的方式再现并传递下去。

所谓"文本关联",是指一个族群借助于对经典文本的阐释获得文化的一致性。狭义的"文本"②,是文字产生之后出现的文化载体。相比于仪式,文本不是传承形式,而是被传播的对象,"只有当人们传播文本的时候,意义才具有现时性。文本一旦停止使用,它便不再是意义的载体,而是其坟墓,此时只有注释者才有可能借

---

① [德]扬·阿斯曼:《文化记忆:早期高级文化中的文字、回忆和政治身份》,第87—88页。
② 法国结构理论家德里达把"文本"分为广义、狭义两种。广义的"文本"指包括一个仪式、一种表演、一段音乐、一个词语在内的符号形式,可以是文字的,也可以是非文字的;狭义的"文本"则指用文字书写而成的有主题、有一定长度的符号形式,是文字构成的文学作品。([法]德里达:《文学行动》,赵兴国等译,北京:中国社会科学出版社1998年版,第85—96页)按照德里达的这个划分,民间文学的文本多为口头表演,属广义文本;而作家写作的文学作品,则为狭义文本。

助注释学的艺术和注解的手段让意义复活"①。一个民族历史上产生的具有重要信仰价值和思想意义的经典文本,通过背诵、传抄以及印刷的途径广为传播,成为形塑民族信仰、观念和行为的规范性文献,因而被视为宗教圣典或哲学、历史、文学的经典。此后每一代人都通过注解、阐释保持对这些圣典或经典理解的一致性,从而保证了文化传统得到稳定的传承。

从文化史的角度看,文化记忆的维持方式从仪式关联过渡到文本关联是必然的。虽然两者传承文化的方式明显不同,前者依靠仪式的周而复始的重复举行,后者则依赖于对文本的反复解释,但是,在扬·阿斯曼看来,"在促成文化一致性的过程中,重复和解释两种方式具有大致相同的功能"②。

当代民间文学的主题内容、体裁样式、文本构成和传播媒介都复杂多样。万建中教授倾向于把民间文学定义为一种活动,一种表演的过程。他说:"民间文学是一个区域内广大民众群体创作和传播口头文学的活动,它以口头表演的方式存在,是一个表演的过程。"③因而,我们可以借用德里达的"广义文本"来描述当代民间文学,即它不仅呈现为书面文本的形式,还以日常及节日仪式上的口头表演的方式存在。在一些传统性社区,口头表演一直以来都是神话、歌谣的主要存在形式。在日常生活中,神话、歌谣是零星表演的,而在周而复始的节日仪式上则是集中表演和展示。英国口述史专家约翰·托什认为:"在西方社会,权威是由文

---

① [德]扬·阿斯曼:《文化记忆:早期高级文化中的文字、回忆和政治身份》,第89—90页。
② [德]扬·阿斯曼:《文化记忆:早期高级文化中的文字、回忆和政治身份》,第87页。
③ 万建中:《民间文学引论》,北京:北京大学出版社2006年版,第28页。

字档案予以正式规定的；但是在口述社会，权威却来自活着的人们的记忆。"①在托什看来，西方社会是全民识字率很高、高等教育普及、各种媒体完善的社会，而口述社会则是与之相对的全民识字率不高的非洲及部分亚洲、美洲国家的现实社会。当今中国基本实现了九年制义务教育，全民识字率也很高，但农村社会生活仍很大程度上保持着传统的面貌，当面交流、口传心授仍是民间文化知识传承的重要途径。文化记忆的传承在这些农村社区还比较多地依赖于仪式关联的方式。

同时也应看到，古代文献记载的诸如盘古神话、黄帝神话、女娲神话、西王母神话，早已成为民间文学的经典文本，在各地民间故事讲述中起到了稳定器的作用。现代以来，《歌谣周刊》《吴歌甲集》等书刊也将从各地搜集上来的故事、歌谣文本化。1949年以后，通过大规模的民间文学采风活动和新民歌运动，特别是通过编撰"民间文学三套集成"以及近年各地非物质文化遗产保护运动，大量民间文学口头作品被搜集整理，或以模拟口头作品的方式被创作出来，先是以报刊、书籍等传统出版物的方式传播，后来又在互联网上流传。这些现当代民间文学的书面文本绝大多数还没有经历经典化的淘洗过程，也没有什么人对它们做注解或阐释，但是，在当今识字率很高的社会环境中，民间文学作品及其承载的信仰、知识和观念通过文本阅读传播。阅读文本的过程也是读者理解和阐释文本的过程，它虽不是通过对经典文本解释实现的传承方式，但它也不是通过节日和仪式上的表演进行传承。如果加以归类，它应属于文本关联的方式。关于这一记忆延续方式，下文再

---

① ［英］约翰·托什：《口述史》，吴英译，定宜庄、汪润主编：《口述史读本》，北京：北京大学出版社2011年版，第18页。

加以阐述。

中国近代以前的民间文学主要依靠仪式关联传承民族记忆，而现当代民间文学却越来越倚重于文本关联。当下网络时代的民间文学，仪式关联进一步弱化，但并没有退场，而文本关联方式已是民族记忆的主要传承方式。

第三节　当代民间文学的"记忆之场"

如上所述，当代民间文学有两种存在形态：口头的和文本的。就两者的源流关系而言，芬兰学者劳里·航柯曾把口头形态称作民间文学的"第一生命"，把记录成文本的流传状态称作民间文学的"第二生命"①。万建中也说："口头交流是民间文学创作、流传、表演的主要形式。……文字形式不是必须的表达形式，它也只是对民间文学的流传起辅助性作用的第二义的方式。"②即便今天民间文学已经可以通过摹仿口头的样式直接书写出来，并通过互联网等多种媒体流传，口头性遭到了弱化，但它仍是第一义的，书面文本还是第二义的。

按照理查德·鲍曼（Richard Bauman）的口头表演理论，民间文学就是一种口头艺术，"口头艺术是一种表演。理解这一观念的基础，是将表演作为一种言说的方式"③。按照鲍曼的说法，表演在本质上是一种交流的方式，"表演建立或展现了一个阐释性框

---

① ［芬］劳里·航柯《民间文学的保护——为什么要保护及如何保护》，载《中芬民间文学搜集保管学术研讨会文集》，北京：中国民间文艺出版社1987年版，第26页。
② 万建中：《新编民间文学概论》，上海：上海文艺出版社2011年版，第8页。
③ ［美］理查德·鲍曼：《作为表演的口头艺术》，杨利慧、安德明译，桂林：广西师范大学出版社2008年版，第2页。

架,被交流的信息在此框架之中得到理解","框架是一个有限定的、阐释性的语境"①。鲍曼所说的"框架"就是特定的"语境"(context),这个语境包括了与表演效果直接相关的特殊符码、比喻性语言、特殊辅助语言、特殊套语、文化传统等很多方面。不过,我们还可以对口头表演的语境作更宽泛的理解。广义的"语境",包括与言语表达相关的各种主观因素和客观因素;狭义的"语境"仅指文本的上下文。王希杰说:"语境,包括非语言的和语言的两种。非语言的,主要指社会环境和自然环境;语言的,主要指上下文。"②构成语境的社会环境包括对象、事态、文化、地位、关系等要素;自然环境则包括时间、空间、景物等要素。从阐释学的角度来说,"所谓某个东西的语境,是指这个东西存在于其中的各种情况互相关联的网络"③。民间文学作为一种口头表演,以及依此而来的表达特定意义的书写文本,其角色、情节、主题等无不依赖于特定的语境。具体而言,构成语境的要素可能是山川、湖海、森林、草地、古树、泉井等自然景物,也可能是名胜古迹、历史遗址、道路、广场、塑像、纪念碑、博物馆等人文景观,也可能是节日、仪式、习俗、宗教、社会思潮、政治情势等社会氛围,也可能是报纸、刊物、书籍、档案、出土文物等文化载体,还可能是以上若干项要素的组合体。这些要素构成了口头表演的外在控制系统,对民间文学的表演现场、文本生成及其之后的存在状态起到决定作用。所以,在口头表演和文本生产过程中,语境不是静态呈现的景致,而是动态交流的制约环境。

---

① [美]理查德·鲍曼:《作为表演的口头艺术》,第8—10页。
② 王希杰:《汉语修辞学》,北京:北京出版社1983年版,第43页。
③ [美]W. E. 佩顿:《阐释神圣——多视角的宗教研究》,许泽民译,贵阳:贵州人民出版社2006年版,第110页。

民间文学对语境的依赖与民族记忆对"记忆之场"的依附如出一辙。记忆之场,有时也被译作记忆场、记忆场所、记忆之所、记忆场域等。在哈布瓦赫的集体记忆理论中,"框架""空间""场所""定位"已是经常出现的概念。在此基础上,皮埃尔·诺拉(Pierre Nora)提出了"记忆之场"的理论。诺拉的《记忆之场》一书详细讨论了当代能唤起法兰西民族记忆的那些档案、国旗、图书馆、辞书、博物馆,"同样还有各种纪念仪式、节日、先贤祠和凯旋门,以及《拉鲁斯词典》和巴黎公社墙"①。诺拉的《记忆之场》原著共七卷,总共收录了130多个代表性词条,每个词条介绍一个对象。这些构成"记忆之场"的事物包罗万象,"不仅会是某一个地理场所、纪念馆、档案馆、纪念碑,也可以是一件艺术品、一部文学作品、一首乐曲、一本教科书,甚至还可以是一个历史人物、某个纪念日、某一物体等等"②。按照诺拉的划分,记忆之场有三层含义,即实在的、象征的、功能的记忆。三层含义是同时存在的,特定的象征意义总是通过具体的物质形体展现出来,并承担相应的社会文化功能。

如果超越政治记忆,在文化的范畴内讨论记忆,记忆之场所涉及对象比诺拉讨论到的事物还要多,譬如各种自然景观也是记忆之场的重要元素。特定的山峰(如中国的泰山、日本的富士山)经常负载着一个民族的宗教和历史的想象,它已不再是一座自然山峦,而是某种信仰和观念的象征,也是一国之民情感的萦绕之地。诺拉说:"一个记忆场所存在的根本理由就是:让时间停止,阻止

---

① [法]皮埃尔·诺拉:《记忆之场——法国国民意识的文化社会史》,黄艳红等译,南京:南京大学出版社2015年版,第10页。
② 冯亚琳:《德语文学中的文化记忆与民族价值观》,北京:中国社会科学出版社2013年版,第26页。

遗忘,让事物保持住一个固定的状态,让死亡永生,赋予无形的东西以有形的形式。"①信仰、情感和观念都容易流逝,依附于山峦这样的自然物和纪念碑这样的人造物之上,才能获得恒久性。当然,不断激起人们回忆这些东西的相应的故事、相关的人物,都是民间文学讲述的主要对象。记忆存储于人的大脑皮质,型构于特定的社会框架,其体现形式则为口头表述、文字书写,以及各种符号化的自然物和人造物(包括艺术作品)。

事实上,民间文学不仅承载文化记忆,两者在本质属性的诸多方面都是相连相通的。文化记忆所具有的认同具体性、重构性、成型性、组织性、约束性、关照性等特征,民间文学也是同样具备的。文化记忆具有主观性和身体性,民间文学同样也具有这些特点。文化记忆以仪式和节日为首要组织形式,依赖于记忆之场,所以诺拉说"记忆黏附于具体的事物,依附于空间、姿态、图片和物体"②;民间文学也以仪式和节日为重要呈现窗口,且依附于口头表演的语境,特别是具体的人和物。从某种意义上来说,民间文学表演的语境与记忆之场是等同的,是二而一、一而二的东西。

民间文学所依附的语境,就是记忆之场,民间文学的角色、情节、主题都会跟具体的景观、建筑、风物、节日等结合起来,乃至于一部分作品就是对这些对象来历或得名的解释。在民间文学理论中,这种特点被概括为解释性。它在神话、传说、史诗中都有明显的表现,而以传说中表现得最为典型。相同母题的故事,会用于解

---

① [法]皮埃尔·诺拉:《历史与记忆之间:记忆场》,冯亚琳、[德]阿斯特莉特·埃尔主编:《文化记忆理论读本》,北京:北京大学出版社2012年版,第107页。

② [法]皮埃尔·诺拉:《历史与记忆之间:记忆场》,冯亚琳、[德]阿斯特莉特·埃尔主编:《文化记忆理论读本》,第96页。

释不同地方、不同的人或事物的起源,于是著名人物身上被附会上了各种传说,风景名胜之地也被附会了多种多样的故事,民间文学理论把这一现象归纳为黏附性。"民间传说的黏附性,表现为传说对地方事物和著名人物的依附。依附于当地的山水、古迹、特产和习俗,让人感到传说生动形象、真切可信;依附于著名的历史人物、宗教神话人物,使传说内涵丰富、影响扩大,也更加便于人们记忆和讲述。"①大禹治水传说离不开江河、涂山、大禹陵、禹王台,黄帝升仙传说离不开荆山(或首山、铜山、轩辕峰)、鼎湖、轩辕庙,孟姜女传说离不开长城、姜女坟、姜女庙。牛郎织女传说依托于天河、牛郎星、织女星、七夕节,梁祝传说依附于古村落、书院、坟冢,白蛇传说依附于西湖、金山寺、雷峰塔、端午节。神话也具有黏附性,如盘古神话黏附于盘古山、盘古墓、盘古庙,西王母神话黏附于昆仑山、瑶池、王母洞。史诗也有黏附性,所以青藏高原到处都是格萨尔征战过的地方。这些事物或景观不仅激起了人们回忆、讲述相关故事的欲望,也是相关神话、传说、史诗得以传承的载体。在民间文学中,和在文化记忆中一样,这些自然景物和文化景观,乃至于节日仪式,都被符号化了。民间文学是回忆文化的一种形式,是凭借回忆、讲述(当代也加入了书写)而不断复活的文化存在。"回忆文化是在自然空间中加入符号,甚至可以说整个自然场景都可以成为文化记忆的媒介。在此情况下,自然场景并非通过符号("纪念碑")引起重视,而更多是作为一个整体被升华为一个符号,即是说,它被符号化了。"②其实,被符号化的不仅是自然场景,还有文化景观和节日仪式,它们都是记忆之场的基本元素,也是文化

---

① 黄景春:《民间传说》,北京:中国社会出版社2006年版,第171页。
② [德]扬·阿斯曼:《文化记忆:早期高级文化中的文字、回忆和政治身份》,第56页。

记忆依存的载体。尤其是其中的宗教圣地、庙宇、包含某种宇宙观的城市布局、著名人物的陵墓等，这些被扬·阿斯曼称作"地形学文本"的东西，是蕴含文化记忆、富有历史意义的场域，能够激发民间口头讲述持久、反复、活跃地进行。

民间文学还黏附于重大历史事件，诸如武王伐纣、战国争雄、楚汉相争、三国鼎立、隋唐更迭、五代更替、靖康之变等重大历史事件，都是民间传说言之不尽的话题来源。现当代重大历史事件，如辛亥革命、苏区斗争、长征、抗日战争、解放战争、土改、抗美援朝及此后一系列重大事件也是民间讲述的热点。至于重要历史人物如秦皇汉武、唐宗宋祖、贤相名将、文豪硕儒以及现当代革命领袖孙中山、毛泽东、周恩来等，也都是民间传说、歌谣经常言说的对象。这些重大历史事件和重要历史人物，既是民间文学的语境要素，同时也是当代中华民族记忆之场的构成元素，当然，也是民族记忆的重要对象。

值得注意的是，一些重大历史事件和重要历史人物已经凝结为"记忆形象"存留在文化记忆中。扬·阿斯曼说："文化记忆有固定点，它的范围不随着时间的流逝而变化。这些固定点是一些至关重要的过去事件，其记忆通过文化形式（文本、仪式、纪念碑等），以及机构化的交流（背诵、实践、观察）而得到延续，我们称之为'记忆的形象'。"[①]作为"记忆形象"的过去事件——不仅包括历史事件，也包括像天地开辟、始祖诞生这样的神话事件——也是民间文学讲述的焦点话题，还有那些著名的政治、宗教、文学人物，反复出现在民间讲述之中，有些已经延续了几千年，在当代仍为人们所津

[①] ［德］扬·阿斯曼：《集体记忆与文化身份》，陶东风译，陶东风、周宪主编：《文化研究》第11辑，北京：社会科学文献出版社2011年版，第7页。

津乐道。

民间文学归根结底是一种文化记忆的展现形式,两者在多方面雷同,因为它们本来就是一枚钱币的两面。民间文学的文化语境,就是民族记忆的记忆之场;民间文学的记忆之场,也是民族记忆的文化语境。

民间文学的解释性、黏附性特征,具有创造记忆之场的能力。神话、传说、史诗持续发挥其解释与黏附效应,记忆之场不断被造出,构成固化民族记忆的场域空间。在这种互动关系中,我们发现民间文学与记忆之场(即文化语境)能够互为转换。如果引入扬·阿斯曼"地形学文本"这一概念,我们发现,民间文学的口头或书面文本,与所谓的"地形学文本"彼此交织,具有紧密的互文性关系。

第四节 当代民间文学的功能记忆特征

阿莱达·阿斯曼认为,在口头文化中,人们只记住有用的、具有现实意义的东西;但是,到了文字文化时代,除了有用的之外,还有大量的文化信息被文字文本存储起来,文化意义的外部存储成为可能。以此为前提,她把文化记忆划分为存储记忆和功能记忆两种。她称前者为"未被居住的记忆",称后者为"被居住的记忆"。关于两种记忆的差异,在她与扬·阿斯曼合著的《昨日重现》一文中曾做比较[①]:

---

① [德]扬·阿斯曼、阿莱达·阿斯曼:《昨日重现——媒介与社会记忆》,冯亚琳、[德]阿斯特莉特·埃尔主编:《文化记忆理论读本》,北京:北京大学出版社2012年版,第28页。

	存储记忆	功能记忆
内容	他者,超越当下	自己,当下的基础是某个特定的过去
时间结构	时间错乱的;双重时间性,昨天与今天并行,反现时的	历时的;昨天与今天的相连接
形式	文本的不可侵犯性,文献资料的自主状态	对回忆有选择性的(技巧性的)、透视性的利用
媒介机构	文学,艺术,博物馆,科学	节日,集体纪念的公共仪式
载体	文化集体的个体	集体化了的行为主体

通过对比可以看出,功能记忆是特定群体(集体化了的行为主体)出于当下身份认同和价值认同需要而通过节日和仪式进行的选择性回忆,而存储记忆则是对所有文化信息的记忆,具有超越当下的反现时性和文本自主的独立性。"它们之间的关系不是二元对立的,相互并不构成对立面,而是一个处于记忆的'前沿'地带,另一个处于记忆的背景之中。"① 在文字文化中,文字文本的不断生成为存储记忆恒久性贮藏文化信息提供了可能性。民间文学的文本是一种广义文本,包括文字文本和口头文本两种可以相互转化的存在形式。就性质而言,民间文学的文本并非纯粹的文学文本,而带有文化文本的特性。当代中国民间文学越来越多地以文字文本乃至超文本形式生产和传播,因而它也具有一定的信息存储功能;同时也应看到,以口头性、集体性为主要特征的民间文学,其记忆特性主要属于指向现实应用的功能记忆。

阿莱达·阿斯曼还专门对"文化文本"和"文学文本"做了区

---

① 冯亚琳:《德语文学中的文化记忆与民族价值观》,北京:中国社会科学出版社2013年版,第49页。

分。简单地说,文化文本就是基督教文化中的《圣经》、犹太人的《旧约》、伊斯兰教的《古兰经》、中国人的"四书五经"之类的圣典或经典,文学文本则是像屈原的楚辞、杜甫的律诗、莎士比亚的戏剧、歌德的诗剧之类的作品。这些著名文学作品被后世反复阅读、阐释和仿效,因而文学文本也具有了文化文本的特性和功能。她在《什么是文化文本?》一文中对比了文学文本和文化文本的不同,认为文学文本是个人阅读的、需要审美距离的、不断创新的、处在开放历史视野中的文本,而文化文本是以群体为受众、超越时间的、经典化的、处在封闭历史视野之中的文本。"如果说文学文本的目的是为了享受,文化文本的目的则是为了获取,为了毫无保留的身份认同。"[1]当然,阿莱达所讨论的文学文本,仅指作家创作的且已经典化的书面文本,对于非经典的、普通的文学文本以及民间文学的口头／文字文本,她都没有涉及。后来,阿斯特莉特·埃尔(Astrid Erll)更进一步,把讨论的对象延伸到非经典文学,尤其是通俗文学。

为了探讨包括通俗文学在内的非经典文学与文化记忆的关系,阿斯特莉特·埃尔提出"集体文本"这一概念。她首先引用扬·阿斯曼"文学文本只传递不受约束的意义"的说法,然后对集体文本做出界定:"集体文本产生、观察并传播集体记忆的内容","其中文学作品不是作为一个有约束力的元素和文化记忆回忆的对象,而是作为集体的媒介建构和对现实和过去解释的表达工具"。[2] 大量的集体文本,特别是通俗文学作品,作为记忆媒介发

---

[1] [德]阿莱达·阿斯曼:《什么是文化文本?》,冯亚琳、[德]阿斯特莉特·埃尔主编:《文化记忆理论读本》,第140页。
[2] [德]阿斯特莉特·埃尔:《文学作为集体记忆的媒介》,冯亚琳、[德]阿斯特莉特·埃尔主编:《文化记忆理论读本》,第238—239页。

挥集体记忆的功能。这些文学作品将来也许会被经典化,转化为文学文本(经典);但绝大多数逐渐会被遗忘,消失在历史长河之中。但是,每个时代都会产生大量的集体文本,它们以互动中循环的方式不断出现,构建并维系社会的、民族的文化认同。集体文本可能会被遗忘,但作为社会文化互动的媒介,它所传达的历史观和价值观经过沉淀,进入这个民族的文化记忆之中。按照扬·阿斯曼的说法:"在这种互动中循环着的,是一种经过共同的语言、共同的知识和共同的回忆编码形成的'文化意义',即共同的价值、经验、期待和理解形成了一种积累,继而制造出了一个社会的'象征意义体系'和'世界观'。"[①]通过社会性的阅读行为,集体文本引导并陪伴人们对民族历史上的和当代的人物、事件、制度、变革等进行思考和讨论,从而构建起了奠定于共同历史感和价值观的文化同一性和民族身份认同。

　　阿斯特莉特·埃尔对非经典文学作品的文化记忆功能的讨论,虽没有特别提及民间文学,但从她对通俗文学的界定可看出,其中也包含了民间文学,包括文字文本和口头文本,都可以引入讨论范畴,所以她的相关论述对于从新的角度考察民间文学的文化记忆功能具有重要的启发作用。民间文学也具有集体文本的记忆媒介的特性,只是它的编码未必都借助于文字符号,而是较多地借助于口头语言。对于那些口头表演的民间文学来说,发挥记忆媒介作用的方式不是阅读,而是聆听和观赏。阅读之于文字文本,聆听和观赏之于口头表演(文本),两种形式具有相同的意义传达功能。口头文学以更快的速度产生,也以更快的速度被遗忘,但也不

[①] [德]扬·阿斯曼:《文化记忆:早期高级文化中的文字、回忆和政治身份》,第145—146页。

排除一部分口头文学经文字记录转化为文字文本,乃至于在随后的世代里被经典化,成为被反复阐释的文学文本。譬如,战国两汉文献记载的黄帝神话、西王母神话,三国时期吴国徐整《三五历纪》记载的盘古神话,都已具有文化文本的特性。它们成功对抗了时间的侵蚀和消磨,至今仍为人们所讲述,因而既是古代神话,也属当代故事。

前文已经讨论过,中国民间文学自诞生以来一直具有意识形态特性,到当代,民间文学与政治革命、文化革命的结合更加密切。事实上,民间文学的政治特性从来就没有消泯过。在中国封建时代,新建立的王朝总是通过新神话证明自身的合法性,同时还用来证明旧王朝灭亡的必然性。这种情况不仅出现在中国,它是一种人类社会普遍存在的文化现象。在欧洲民族独立运动中,"民族记忆出现在民族国家重组的19世纪,随之在欧洲产生了一种新型的记忆政治","原本的历史和传说以及重新被唤醒的风俗都变得具有'回忆的义务'了"①。这种新型的记忆政治着力挖掘新生的民族国家共同的神话、传说、习俗和历史,增进民族身份认同,巩固民族国家的同一性。20世纪中期以后,在亚洲、非洲、美洲也出现过同样的现象,很多新独立的国家都通过这种方式构建国家同一性的根基,从而增进这些国家人民的内聚力和认同感。中国不同时期出现的"禹域九州""赤县神州""中华民族""炎黄子孙""龙的传人"等概念,也是记忆政治的表现形式,都是不同时期构建民族共同体的各种努力的语词显现。这些努力的主要方式是利用神话传说构建共同的民族记忆,从而凝聚多民族国家的共同历史。民间

---

① [德]扬·阿斯曼、阿莱达·阿斯曼:《昨日重现——媒介与社会记忆》,冯亚琳、[德]阿斯特莉特·埃尔主编:《文化记忆理论读本》,第31页。

文学在此维度上去回忆、去讲述，它的功能记忆特征就充分表现出来了。

当代中国民间文学的功能记忆特性主要体现在国家政治认同、民族身份认同两个方面。

国家政治认同在当代民间文学中主要体现在革命故事、领袖传说、红色歌谣、新民歌等体裁。就题材而言，辛亥革命、北伐战争、秋收起义、南昌起义、井冈山根据地、苏区反"围剿"斗争、红军长征、抗日战争、解放战争、土地改革、抗美援朝、剿匪活动以及历次抗灾活动等，都是民间讲述话题比较集中的方面。这些方面的故事或歌谣能直接或间接支持国家政权的合法性，符合稳定当今政治秩序的需要，党和政府一直都提倡讲这样的故事，唱这样的歌谣，并通过书籍、报刊，特别是中小学使用的各种教材，传播这样的作品。《唱支山歌给党听》就是一个典型的例子。1963年出现的《唱支山歌给党听》，歌词创作于1958年"大跃进"时期，经作曲家改编后，歌词略有变化："唱支山歌给党听，我把党来比母亲；母亲只生了我的身，党的光辉照我心。旧社会鞭子抽我身，母亲只会泪淋淋；共产党号召我闹革命，夺过鞭子揍敌人。共产党号召我闹革命，夺过鞭子、夺过鞭子揍敌人！"①这首歌拿母亲跟共产党相比较，母亲只生下我的身体，但我却遭受"旧社会"的蹂躏；而共产党的光辉思想让我获得了灵魂，勇敢地跟敌人斗争。相比之下，共产

---

① 这首歌的歌词1958年春由陕西铜川矿务局焦坪煤矿职工蕉萍创作，共三节，发表于《陕西文艺》。翌年该诗被收入《新民歌三百首》（中国青年出版社1959年版，第34页）。1963年全国掀起了学雷锋运动的高潮，作曲家朱践耳在《雷锋日记》中读到了据说是雷锋摘抄的这首诗的前两节，遂略加改动谱成民歌风味的曲调。这首歌作为故事片《雷锋》（1964年）的主题曲，由胡松华演唱，随着电影放映而传遍全国。后来，经过农奴出身的藏族女歌唱家才旦卓玛再度演唱，此歌更加风靡，几十年来传唱不衰。由于《唱支山歌给党听》鲜明的颂歌色彩，在传唱中获得了歌曲之外的意蕴。

党比母亲更亲、更伟大。这首歌极力突出了共产党的伟大和正确，因而出现五十多年以来，它在学校、政府和群众性集会活动中一直演唱。这首由文人创作经作曲家改编而成的"民歌"，其出身并不是真正的民歌，而是一首编创歌曲。事实上，中国确实有很多地方民歌都被改编成"红歌"或"新民歌"，如从陕北民歌改编而成的《山丹丹花开红艳艳》《东方红》，从甘肃庆阳民歌改编而成的《绣金匾》，从大别山民歌改编而成的《八月桂花遍地开》，从藏族民歌改编而成的《北京的金山上》，等等。不管原来是情歌还是酒歌，都被改编成充满意识形态色彩的赞歌，并且跨越地域唱遍全国。国家努力掌控社会记忆，它需要这样的红歌，也需要此类红色传说和故事，因为其中承载的社会记忆合乎延续自身政权、证明自身合法性的需要。

民族身份认同是文化记忆的另一主要功能。扬·阿斯曼曾说："文化记忆对于我们不可或缺，只有借助它和它所蕴含的深厚的时间，我们才有可能确认我们的身份和我们的归属。"①作为国家象征的国旗、国歌、国庆节以及相关的纪念碑、博物馆、教科书都能强化国民的认同感和归属感，但是，这些政治记忆远非民族记忆的全部。民族记忆可以追溯到更加古老的历史深处，在神话、传说、史诗中，可以寻觅到民族记忆最重要、最稳固的核心。"在希腊，荷马史诗传承的过程就是希腊民族形成的过程。"②在中国我们可以这样说：《格萨尔王传》形成的过程就是藏民族形成的过程。汉民族没有史诗，但汉族的神话对民族身份认同起到重要作用。炎黄蚩尤神话、伏羲女娲神话、尧舜禹神话、西王母神话、后羿

---

① ［德］扬·阿斯曼：《关于文化记忆理论》，陈新、彭刚主编：《文化记忆与历史主义》，杭州：浙江大学出版社2014年版，第17页。
② ［德］扬·阿斯曼：《文化记忆：早期高级文化中的文字、回忆和政治身份》，第303页。

嫦娥神话、盘古神话等共同构建了汉民族文化记忆的源头。神话叙述的不是真实历史事件,但神话总是屹立在民族记忆中的时间开端处。"不真实的陈述仍然是心理上'真实的'。……人民想象发生的东西,也是他们相信可能已经发生的东西,……可能与实际发生的东西一样至关重要。"① 中国古老的神话,跨越千年时光,至今仍在被引用和讲唱。当今中国,无论民间人士还是知识精英,都会用神话喻示或阐释现实问题,犹如孔子思想被运用于当代一样。中国载人航天器被命名为"神舟""天宫",绕月飞行器被命名为"嫦娥",乃至全世界华人都自称"炎黄子孙",从中可以看到神话作为一种记忆资源不断被挖掘利用的情况。古老的神话仍效力于当下。正因如此,我们不能把上述神话一概称作古代神话,当代人仍然熟悉并在讲述,它们还是家喻户晓的"活态"文化。在近年的非物质文化遗产保护运动中,这些"活态神话"陆续被列入国家级非物质文化遗产名录,它们的价值得到了全社会的承认和肯定。

历史上的执政者习惯于利用自己的权力打造官方记忆,并把官方记忆打扮成民族记忆,或将它凌驾于民族记忆之上,从而压抑民间记忆的成分,造成了两者的分离和对立。实际上,民间文学功能记忆的两个方面完全可以自主地结合在一起,因为国家的主流政治记忆和民族的文化记忆并不矛盾,有相当大一部分是一致的,两者可以相互支持并融合起来。政治领袖传说中宣扬的传统美德,红色歌谣中张扬的革命精神,史诗中洋溢的民族自豪感,它们对国家政治认同和民族身份认同都发挥着积极作用,将它们归在某一种功能记忆中而从另一种功能记忆中排除开去是不妥当的。

---

① [英]保尔·汤普逊:《过去的声音——口述史》,覃方明等译,沈阳:辽宁教育出版社2000年版,第170页。

第一章
当代豫南盘古神话中的民族记忆

　　民间口头文学承载着丰富的民族记忆,其中神话历史最为悠久,在研究中也最受重视。20世纪80年代以来,各地文化工作者在民间文学"三套集成"的编纂工作中搜集整理出大量的当代口承神话(又叫活态神话),《中国民间故事集成》县卷本和省卷本都以神话开篇,且将创世神话置于神话的前列,以凸显创世神话的古老性。当然,这里所采用的"神话"概念,不是西方经典神话学"神圣叙事"意义的神话,而是当代中国比较宽泛意义上的神话。从1980年桐柏县的马卉欣开始调查豫南盘古神话,几年后以张振犁为领队的河南大学中原神话考察组到桐柏、泌阳等地做田野作业,迄今当地文化工作者和高校、研究机构的神话专家已经在这里开展了30多年的调查研究,出版神话集和研究著作多部。豫南盘古神话于2008年被列入第二批国家级"非遗"保护名录。它所承载的中国古代宇宙和人类起源知识,对农耕生产和神仙信仰的记忆,具有重要的文学、历史和宗教研究价值。当然,在当代民间讲述中,这些神话也经过科学知识、国家意识和社会观念的重构,呈现出既古老又现代的面貌,记忆形态和内容纷纭多样。

　　张振犁认为桐柏、泌阳两县交界处的盘古山是盘古开辟神话的重要产地之一。① 他的说法笔者暂不评价,重要的是他揭示了这里有盘古神话传承的事实。笔者曾于 2004 年、2006 年、2014 年三次到盘古山做田野调查,了解到当地盘古神话的基本情况、利用神话打造文化品牌的种种做法,以及开发盘古山神话旅游景区的推进情况。虽然这些不是本章讨论的重点,但因为这些打造和开发行为对神话的讲述造成了较大影响,因此本章也将涉及这些方面。本章主要分析当代豫南盘古神话蕴含的文化记忆,探讨当代神话的新建构及其对民族记忆多样化带来的影响。

第一节 活态神话呈现民族记忆

活态神话(living myth)就是当今在民间以口头讲述方式传承的神话。活态神话与一个民族的记忆是什么关系呢? 我们常说: 我只说我知道的。说这句话当然是为了证明"我"的诚实品格。"说"是口述的表达方式,可以是说某件事,也可以是口述一个故事,包括神话。那么,"我知道的"又怎么界定呢? 是"我"经历过的?"我"学习过的?"我"想象到的? 还是"我"记住的? 经历过的事情未必在自己的意识领域留下痕迹,因而也就未必能说出来。学习过的和想象到的东西,也只有在被记住以后,才能成为自己能说出来的东西。也就是说,"我"知道的都是"我"记住的。有一句拉丁谚语:"我们知道的只是我们所记住的。"②这句谚语也正好与上面那句中国人常说的话相互印证,表明我们所说的、所口述的,都是我们知道的,而我

---

① 张振犁:《中原神话研究》,上海: 上海社会科学院出版社 2009 年版,第 29 页。
② 孙江:《序言: 在记忆与忘却之间》,载《新史学》第八卷,北京: 中华书局 2014 年版,第 3 页。

们所知道的,都是我们所记住的。所以,口述是记忆的表象。当代神话仍存活于人们的口头讲述之中,它是当代文化记忆的呈现。

一般认为,神话是人类社会早期出现的"神圣叙事",随着历史演进它在民间早已失去活性而仅保存在古代文献中。就文献中的神话而言,与古希腊、古印度相比,中国上古神话记载零散,过去学者们在研究中遇到很多难题,"中国古代神话的资料,仅存零星片段,散见群籍,且常矛盾错乱,翻检和整理皆难"①。由于神话资料的碎片化,人物和情节在不同典籍中又相互矛盾,神话的系统性较差。这种先天不足让中国神话研究难以取得显著成绩。不过,早在20世纪30年代芮逸夫就在苗族发现伏羲、女娲神话,并推测"兄妹配偶的洪水故事或即起源于中国的西南,由此而传播到四方"②。芮氏的学术观点此处也暂不评论。他通过田野调查在少数民族地区发现口承神话的实践,为中国神话研究开拓了新领域。日本学者认为中国神话学界应去大量采集仍然存活着的神话。③ 实际上,20世纪50年代民间文学采风运动中就整理出一批神话和史诗。改革开放之后,中国学者一直在搜集、整理和研究活态神话,其中李子贤、孟慧英以研究少数民族神话为主,张振犁、杨利慧则以调查中原的、汉族的神话为主。④ 他们

---

① 袁珂:《中国古代神话·序一》,上海:商务印书馆1950年版。
② 芮逸夫:《苗族的洪水故事与伏羲女娲的传说》,马昌仪编:《中国神话学文论选萃》(上),北京:中国广播电视出版社1994年版,第408页。
③ [日]伊藤清司:《中国神话研究之动向》,见日本《史学》第66卷(1997年)第4号,第113页。
④ 相关研究论著有:李子贤:《活形态神话刍议》,见《西北师范大学学报》(社会科学版)1987年第4期;李子贤:《探寻一个尚未崩溃的神话王国——中国西南少数民族神话研究》,昆明:云南人民出版社1991年版;孟慧英:《活态神话:中国少数民族神话研究》,天津:南开大学出版社1990年版;张振犁:《中原古典神话流变论考》,上海:上海文艺出版社1991年版;张振犁:《中原神话研究》,上海:上海社会科学院出版社2009年版;杨利慧:《女娲的神话与信仰》,北京:中国社会科学出版社1997年版;杨利慧等:《现代口承神话的民族志研究——以四个汉族社区为个案》,西安:陕西师范大学出版社2011年版。

的工作开拓了中国神话研究的新格局,但也引发出一些需要深入讨论的新问题。

首先,活态神话存在于当代口头讲述的过程中,它是民族记忆传承的重要方式。当代人的知识、信仰和文化观念与古人的差异决定了当代口承神话与古代神话会有很大不同,这不仅体现在角色、情节的变异上,也体现在讲述态度、场所、与宗教性仪式的离合关系等方面。经过近现代西方"科学""文明"的启蒙,特别是当代学校教育的洗礼,中国人的记忆存储已经发生了巨大变化,今人所讲的神话与古代神话即便情节相近,角色同名,其意义也已不同,两者只是"同母题故事"。当代活态神话的神圣性脱落殆尽,情节被重新建构。试图以当代田野调查所得"神话"复原中国上古神话系统的逆向还原在学理上是说不通的。[①] 但是,考察活态神话的新变异为我们了解民族记忆的重构过程提供了可能性。

其次,活态神话的讲述人不识字的越来越少,大多数是识字的、具有一定阅读能力的人,他们的知识和观念既来自家庭和民间的口头传承,也来自包括古代文献在内的学校书本,口头讲述活动的背后连带着复杂的知识结构和信仰背景。古代文献反哺口头文学,并在一定程度上维系着民间文学的稳定性;同时,现代科学知识、国家主流意识形态和政治理念则推动民间文学的时代化、合理化变异。具有较高文化水平的讲述者或编写者能够将多种知识融入神话故事,通过口头讲述或文字编撰提供比较完整的人物形象

---

① 对于以当代口承"神话"复原上古神话的学理批判,可参阅陈泳超《关于"神话复原"的学理分析——以伏羲女娲与"洪水后兄妹配偶再殖人类"神话为例》(载《民俗研究》2002年第3期)。

和故事情节。这样的"民俗精英"在口头文学传承中起主导作用。① 他们中的少数人还会被纳入政府体制内,具有活态神话的知情人、讲述人、编撰人和管理人(文化官员)等多重身份,并以搜集、整理、改写的方式将口头故事文本化,以公开出版的方式传播自己写定的神话故事。在当今几乎全民识字的时代,这些故事文本成为当地口承神话的重要来源。豫南的马卉欣、高瑞远、张正、王瑜廷、焦相贤、孙留平等人都属于这类"民俗精英",他们出版的盘古神话作品集对当地的口头讲述产生了很大影响。

最后,豫南的泌阳、桐柏二县都在利用盘古神话打造地方文化品牌,两个接壤近邻之间存在着竞争关系,而这种竞争关系又推动着两地对盘古神话的调查研究,两县各出版了 5 本以上盘古神话集或研究著作。在神话资源开发方面,因盘古山在泌阳县境内,泌阳县占据了庙会(节日)、景区开发利用的优势。原本民间自发举行的盘古山三月三庙会,从 2003 年开始由泌阳县文化局、旅游局接手庙会的组织工作,届期邀请县政府主要官员出席讲话,同时邀请来自省内外的神话研究专家前来参加庙会活动。2005 年盘古山三月三庙会更名为"中华盘古文化节",中国民间文艺家协会正式命名盘古山为"中国盘古圣地"。2008 年泌阳县政府通过招标,授予一家民营公司对盘古山进行神话景区旅游开发的权限。按照盘古山景区开发规划,该公司将本着"无形神话有形化"的原则,在七年之内在盘古山建设盘古庙、奶奶庙、全佛寺、玉皇庙、岳王庙等八个佛道寺庙,打造盘古广场、三皇广场、五帝广场等三个祭祀广

---

① 关于"民俗精英"及其在民间文学传承中所起的主导作用,可参阅陈泳超《民间传说演变的动力学机制:以洪洞县"接姑姑迎娘娘"文化圈内传说为中心》(载《文史哲》2010 年第 2 期)的相关讨论。

场,建造盘古文化创意产业园,建成盘古湖、瑶池、精忠湖、沧海等六个湖区。其中盘古湖畔将建成姓氏文化一条街,展现各种姓氏的历史源流,喻示盘古开天辟地之后,兄妹成亲繁衍人类,然后才有三皇五帝和百家姓氏。笔者2014年4月下旬第三次到盘古山调查时发现,盘古庙已经做了大规模扩建,周边的神话景区正在建设之中。盘古山正在按照文献记载和当地口传神话的情节建成一座神话之山,也是中华民族文明起源的展现之山。神话景区已经综合了历史文献记载,待这些景区建成之后,将为豫南盘古神话的讲述提供新的支持景观和制约框架。

我们只能讲述我们所记住的东西。但是,当豫南盘古山旅游景区建设完成之后,所呈现的盘古神话将是中华民族共同的"自从盘古开天地,三皇五帝到于今"的情节框架。这个比较系统的记忆之场会给我们提供一套地理化的神话文本,让我们记住盘古开辟、造人、开创中华文明的神圣历史。一个民族共同讲述的神话,是民族的共同记忆。这种记忆在各地有着不同的内容。景区将记忆有形化,也将带有国家意识的记忆单一化,成为多元化民族记忆中的一个强势成分。

第二节 盘古开天辟地的方式

盘古山上原本有盘古庙、(盘古)奶奶庙、石狮子、石箱子、盘古井等,附近还有盘古洞、大石磨、百神庙、八子山、盘古仰卧像等多处与神话相关的景观。经过开发之后,出现了以盘古、三皇、五帝命名的广场,百家姓一条街,新建的被称为盘古湖、瑶池、精忠湖的水库,等等,用以体现中华民族的历史渊源、神仙信仰和道德观念。

这些景观背后都在讲述相关神话故事(包括移植而来的故事)。在讨论这些新建构的神话之前,有必要对以盘古山为中心的豫南盘古创世神话的本来面目做一个整体介绍。当然,这些本来面目也是相对的,是 20 世纪 80 年代以来搜集、整理出来的,其中有些成分已经是现当代建构出来的情节。

龙生盘古是豫南盘古神话比较传统的情节。泌阳县《盘古是龙生的》说:盘古在龙蛋里,经过一万八千年才孵出来①。桐柏县《龙生盘古》则说孵出盘古兄妹用了九千年:

> 天有九重,最高的地方住着九条龙:三条黑龙,三条白龙和三条黄龙。这九条龙轮流盘卧、孵蛋。龙蛋圆得很,就像个大圆球。孵蛋那条龙盘成一圈卧在那里,正中间就是龙蛋。孵到九千年的时候,那个大龙蛋裂开了口,显露出两个小龙角。那条老龙正在高兴哩,蛋壳里却长出一神人,头生角,手执神斧。他就是世上第一人——盘古大神。老龙吃惊,尾巴一鞠拢,碰着了神斧,老龙痛滚,盘古趁势下到地上。
>
> 下第一次,他不敢下,把腿收了回去。老龙说:"我要吃了你!"盘古又下了第二次,尽是云彩,咋站呢?他又把迈开的腿收了回去。老龙真的张开嘴扑来,盘古跳入云彩里,老龙欲追盘古,又见第二个蛋正在呵呵喳喳地裂纹,忙转来等着第二个龙蛋裂口出儿。
>
> 盘古手拿斧子到了云海中,见面前有个大包包,飘来飘去。他就站到了那个大包包上。风也大,站也站不稳。他用

---

① 张正、王瑜廷主编:《盘古神话》,郑州:中州古籍出版社 2006 年版,第 22 页。

斧子砍呀砍呀,总算稳住了。

他砍的凹凹成了江河,那些凸凸,成了大山和小坡。他实在太累了,就躺下休息。

盘古一觉醒来,面前站着一个身材细条的女子,向他打招呼:"盘古哥哥!"盘古奇怪,问起她的来由。

这个身材细条的女子,是九重天上的第二个龙蛋孵出的第二个人。这女子一出世,老龙愣了半天,不知道这两个龙蛋怎么都没孵出龙来。发愣时,这个女子叫了声"父王"。老龙得了这个声音,也变成了人,这就是以后的老天爷。世上最厉害的是老天爷。老天爷是世上第一个女神嘴里喊成的。老天爷说:"这两个龙蛋变人就变吧!你也随你哥到地上去吧!"说罢,老天爷一挥手,这个女子就下地上来了。

盘古很高兴,问:"你叫啥?"那女子说:"咱俩都叫盘古。"

盘古兄妹刚见面不久,老天爷就放怪妖怪兽,要吃掉他兄妹俩。

盘古兄妹持神斧战胜了恶魔,又与一怪牛结成了朋友,这三个生灵成了大地上的主宰。①

这篇神话描述盘古开天辟地的过程很简略,重点叙述盘古兄妹的诞生。他们是在九重天上从龙卵里孵化出来的,跟印度卵生的大梵天有相似之处。老龙孵出盘古妹之后,盘古妹称老龙是父王,从此天上就有了老天爷。盘古兄妹都是老天爷的儿女。但是,老天爷似乎对自己的子女并不爱护,盘古一出生就想吃掉他,等到兄妹二人来到新开辟的大地上,他又放出怪妖怪兽

---

① 马卉欣编著:《盘古之神》,上海:上海文艺出版社1993年版,第91—92页。

去吃他们。在反抗各种怪妖怪兽的过程中,盘古兄妹与怪牛结成了朋友。在当地其他一些创世神话中,牛也是盘古兄妹的得力帮手。当然,在这篇故事中,盘古是单独用神斧劈砍土包完成创世任务的。

三国徐整《三五历纪》谓"天地混沌如鸡子,盘古生其中"①,把盘古诞生前的世界描述成像鸡蛋一样的混沌状态,而在当代讲述中,这个混沌状态的宇宙卵成了龙蛋。盘古以手持巨斧的神人面目诞生,这柄巨斧是他开天辟地的利器。桐柏县民间还有一种说法:世界混沌,盘古兄妹和一头牛被包在大气球里,他们捏的泥人总是不干,盘古要砍开气球透透气。于是盘古妹在气球上划出一道印,盘古照着印砍一圈,大气球就分成两半,上半成了青天,下半成了大地。为了把上半气球片送上天,兄妹搭起人梯,盘古妹踩在牛背上,后来更是站到牛角尖上,盘古才让气包飘上天。② 另有一则故事说:天地未分时,盘古身披驾云衣、脚穿登云鞋在云彩里游玩,被一个大气包挡住了去路。他用斧子砍破气包,气包漏气后往下落。后来漏了气的气包就变成了大地,天和地就分开了。③ 泌阳县民间也说:很久以前,天地没有分开,盘古用一把巨斧把天地劈开了。④ 挥起巨斧开天辟地是当代盘古形象的重要特点,一些画家也是这样绘制盘古形象的。

不过,在豫南神话中,有时盘古开天辟地并不用巨斧,而是用脚蹬、手托、头顶的办法,把天和地撑开。泌阳县《盘古创世》说:

---

① 欧阳询:《艺文类聚》卷一,上海:上海古籍出版社1982年版,第2页。
② 马卉欣编著:《盘古之神》,第104—105页;张正、王瑜廷主编:《盘古神话》,第54—55页。
③ 张楚北主编:《中国民间故事集成·河南卷》,北京:中国ISBN中心2001年版,第4页。
④ 张正、王瑜廷主编:《盘古神话》,第24页。

盘古所在圆蛋一片混沌,他感到憋闷,就伸胳膊、蹬腿,然后拳脚并用踢打,轻的东西飘起来变成天,重的东西沉下来变成地。盘古要天地分得远一点,就双手撑天,两脚蹬地,他一天长高一丈,天也向上升一丈。过了一万八千年,天地就分开了十万八千里。① 这种开天的方式不像斧劈那么威武,但禽鸟从蛋里孵出是人们熟悉的情景,因而这种脱胎于孵卵过程的讲法也很流行。实际上,徐整《三五历纪》描述盘古开天辟地也没有用斧。徐整说:"盘古在其中,一日九变,神于天,圣于地。天日高一丈,地日厚一丈,盘古日长一丈。如此万八千岁,天数极高,地数极深,盘古极长。"②这个开辟过程,与当今豫南民间讲述的蹬地托天的情节相似。

把盘古开天辟地想象成手执巨斧劈砍的过程,是对"开辟"一词误读造成的。"开辟"本来是开创、开启的意思,如果理解成用斧劈砍那样的动作,就会产生盘古用巨斧劈开天地的描述,并衍生出新的情节。③ 实际上,盘古撑开天地的情节更符合《三五历纪》的记载。

民间叙事不是一成不变的,变异性是民间文学的重要特征。对盘古开天辟地过程的想象掺入了讲述者的生活经验,民间口述的情节符合农民的生活经验,暗示出农耕渔猎的文化背景。当代盘古神话不是对真实事件的描述,而是对人们想象的开辟过程的陈述,"不真实的陈述仍然是心理上'真实的'。……人民想象发生的东西,也是他们相信可能已经发生的东西,……可能与实际发生

---

① 张正、王瑜廷主编:《盘古神话》,第1页。
② 欧阳询:《艺文类聚》卷一,上海:上海古籍出版社1982年版,第2页。
③ 明代周游:《开辟衍绎》第一回描述开辟过程,将盘古撑开天地与斧劈情节结合起来。他写道:"(盘古)将身一伸,天即渐高,地便坠下,而天地更有相连者,左手执凿,右手执斧,或用斧劈,或以凿开,自是神力。久而天地乃分,二气升降,清者为天,浊者为地。"(齐鲁书社1988年版,第2页)

的东西一样至关重要。"①观念上的真实,心理上的真实,对于民族文化的质性研究具有重要意义。

第三节 盘古兄妹繁衍人类的途径

开天辟地是创世神话的最主要部分,但仅是个开端。只有完成创生人类、万物和各种文化制度,创世过程才算结束。其中创生人类和万物是对世界的充实,创造文化制度是对世界秩序的安排。人类起源神话在任何民族都很重要,因为世界的意义体现于人,没有人的世界是空洞的、没有价值的;更何况,通过造人过程可以窥视一个民族最基本的宗教观、价值观和道德观。

在豫南地区,盘古兄妹繁衍人类的故事多种多样,故事的开头、造人者、造人材料、造人过程和结果,都有不同的讲法,多个环节的"不同"组合起来,构成的造人神话缤纷多姿。

这个故事的开头一般有两种:以盘古开天辟地开头的,接下来讲盘古兄妹创造人类;以天塌地陷(或大洪水)开头的,接下来讲盘古兄妹再造人类。造人多是由兄妹二人合作完成的,但也有盘古独自造人的说法。盘古兄妹合作造人,也有三种不同的合作方式:未成亲、成亲未生子、成亲生子(或怪胎)。前两种都要捏泥人,第三种又有两种情况:其一,盘古奶生出八子,八子居住八方,盘古爷、盘古奶居住中央,盘古爷据此创造了九州。八子活了不到百年先后死去,盘古把他们的灵魂埋在"八子山",然后兄妹二人再

---

① [英]保尔·汤普逊:《过去的声音——口述史》,覃方明等译,沈阳:辽宁教育出版社2000年版,第170页。

通过捏泥人繁衍人类；①其二，盘古奶生出一个肉疙瘩，盘古爷把它埋掉，后来又生出一个肉疙瘩，盘古爷戳破怪胎，里面蹦出一百个儿子。盘古爷把先前埋掉的肉疙瘩挖出来剖开，里面有一百个妮子，因为埋得太久有臭味，所以叫"臭妮子"。盘古爷用秤称这些妮子，每个十斤，一百个共一千斤，所以女孩又称"千斤"（千金）。盘古爷让他们相互婚配，给他们取了姓氏，世界上就有了百家姓。②

捏泥人是盘古兄妹繁衍人类的主要方法，虽然也有生育人、蒸面人、烧窑造人等其他方法，但从当地的民间讲述状况来看，捏泥人的方法流传最广。笔者的家乡确山县南部李新店镇，与桐柏、泌阳二县毗邻，距离该神话的核心传承区较近。笔者打小就听老年人讲这个故事：

> 盘古兄妹二人一起去上学，路边有个石狮子。兄妹俩看到石狮子张着嘴，就猜想：它是不是饿了呢？两人就把馍放到它嘴里，它的嘴就合上了。第二天，兄妹俩上学走到石狮子跟前，看到石狮子还张着嘴，又把自己带的馍放进它嘴里，它又把嘴合上了。兄妹俩天天拿馍喂石狮子。过了很长时间，兄妹俩再往石狮子嘴里放馍的时候，石狮子说话了。石狮子说："天要塌了，地要陷了，你们俩赶快钻到我肚里躲一躲吧。"兄妹俩从它嘴里爬进去，它把嘴合起来。兄妹俩发现：以前喂石狮子的馍都存放在它肚子里呢。两人就靠吃这些馍，一

---

① 马卉欣编著：《盘古之神》，第 126—127 页；张正、王瑜廷主编：《盘古神话》，第 93 页。

② 马卉欣编著：《盘古之神》，第 129—130 页；张正、王瑜廷主编：《盘古神话》，第 40—41 页。

直在石狮子肚子里躲着。过了七七四十九天,石狮子说:"你们俩出来吧。"石狮子张开嘴,兄妹俩从它肚子里爬了出来。他们出来一看,天底下没人烟了,村庄、山河都变了样儿。兄妹俩一起过日子,过了一年又一年,两人都长大了。这时石狮子又开口说话了:"天底下没人了,你们俩得成亲繁衍人啊。"兄妹俩说:"我们是亲兄妹,咋能成亲呢?"石狮子说:"你们不成亲,人就绝种了,那咋行呢?"兄妹俩说:"捏泥巴人吧。"

兄妹两个捏了很多泥巴人,放在屋子外边晾晒。快晒干的时候,天要下雨,兄妹俩赶快往屋子里捡。泥巴人太多,捡不及啊,眼看雨就下起来了,哥哥拿起一把大扫帚,把剩下的那些泥巴人都扫进屋里。他这一扫不要紧,有的泥巴人扫掉了胳膊腿,有的扫掉了鼻子眼,有的扫歪了脖拉颈儿,它们就成了残疾人。雨一直下个不停,泥巴人堆在屋子里,时间一长,身上长出一层茸毛,这样人身上就有汗毛了。人是用泥巴捏出来的,所以小孩子都叫"泥巴孩儿",人身上的泥土总是洗不完。

石狮子撮合盘古兄妹成亲繁衍人类,这一情节在确山县有不同的讲法,有的说兄妹没有成亲而捏泥人,有的说兄妹成亲后捏泥人。盘古兄妹捏泥人的故事有两点特别值得注意:第一,泥土成为盘古兄妹造人的主要材料,而泥土材料和造人过程中发生的意外,又成为解释人的生理特点或缺陷的依据;第二,豫南创世、造人故事的主角是盘古,盘古妹并没有女娲这个名字。与豫东、豫北广泛存在的女娲信仰相比,豫南的盘古兄妹造人情节中突出盘古的地位。豫西的同类故事有时甚至没有盘古的名字,只泛称兄妹俩、两个人,没有专名。在依托盘古山、盘古庙和盘古庙会的豫南泌阳、桐柏等地,盘古兄妹造人故事讲法很多。三十多年来中原神话调查组和当地文化工作者在豫南做了大量调查工作,他们搜集到的盘古兄妹造人故事多见载于《盘古之神》《盘古神话》《桐柏山盘古神话集》《中国民间故事集成·河南泌阳县卷》等书。下表是盘古兄妹繁衍人类的几种主要讲法:

标　题	造人者	材料	造人过程	故事出处
盘古爷繁衍子孙的传说	盘古兄妹		天下只有盘古兄妹,玉帝破例让他俩成亲。盘古妹先后生下两个肉疙瘩,跳出来一百个女孩和男孩。盘古让他们相互配对,给他们取了姓氏,由此产生了百家姓。	《中国民间故事集成·河南泌阳县卷》第28页
盘古兄妹	盘古兄妹	泥土	大洪水后,兄妹合龟壳、滚石磨成亲,生下八子住八方,盘古住中央。后来八子皆死,盘古捏泥人,妹妹朝泥人吹气,泥人都活了。盘古夫妇给他们取名,教他们谋生。	马卉欣《盘古之神》第123—127页
盘古开天辟地	盘古兄妹	泥土	盘古用斧子把天地劈开,老天爷的三闺女下凡与他结为兄妹。石狮子做媒,他们粘龟壳、滚石磨结为夫妻,生下八子。八子死后,他们捏泥人,给泥人取名字,教他们谋生。	张正、王瑜廷《盘古神话》第24—28页
盘古滚磨	盘古与老天爷的三闺女	泥土	盘古开天辟地后,老天爷叫三闺女下凡,与盘古结成兄妹。三闺女提出成亲,盘古不允,通过滚石磨成亲后,兄妹俩捏泥人。天下起血雨,泥人粘上血都活了。两人往家里拿不及,就用扫帚扫,扫出了残疾人。	《中国民间故事集成·河南社旗县卷》第35页

(续表)

标题	造人者	材料	造人过程	故事出处
姊妹婚①	盘古兄妹	泥土	盘古兄妹在石狮子肚里躲过天塌地陷后,姊妹俩滚石磨,没合到一块。两人捏泥人繁衍人类。天要下雨,往屋里搬不及,就用扫帚扫,扫出了残疾人。人洗不净身上的泥,因为是泥巴捏的。夫妻称姊妹俩,以此为始。	张正、王瑜廷《盘古神话》第36—37页
盘古捏泥人传说	盘古	泥土	盘古捏泥人,吹气后长成大人。盘古捏了很多泥人,天要下雨,盘古连忙往棚里搬。雨点落到泥人身上就成了伤口。盘古就用扫帚往棚里扫,扫出了残疾人。人身上总是洗不净,因为人是泥巴捏的。	《中国民间故事集成·河南泌阳县卷》第26页
造泥人	盘古兄妹	泥土	他们捏泥人太慢了,就用藤条搅浑泥浆往地上甩,泥点落到地上就成了小人儿,大地上很快就布满了人。	高瑞远《桐柏山盘古神话集》第45页
盘古造天地	盘古爷、盘古奶	泥土	大气球里包着盘古爷、盘古奶。两人捏泥人,盘古爷比着盘古奶的样子捏女的,盘古奶比着盘古爷的样子捏男的。捏了十对男女,气球里不透风晾不干。盘古奶在气球上画一道印,盘古爷用斧子砍,气球分成上下两半,上半成天,下半成地。地上的人越来越多。	高瑞远《桐柏山盘古神话集》第32页

---

① 豫南方言中的"姊妹",既指姐妹,也指兄妹。这里的"姊妹俩"显然是兄妹俩。

(续表)

标题	造人者	材料	造人过程	故事出处
盘古兄妹	盘古兄妹	泥土	兄妹二人在四不像肚里躲过天塌地陷,长大后滚磨成亲,捏很多泥人。天下雨,往屋里搬运不及,用扫帚往屋里扫。四不像传授太上老君的炼丹秘法,兄妹俩把泥人烧炼成活人,把黑种人打发到非洲,白种人打发到欧洲,黄种人留在身边。	张正、王瑜廷《盘古神话》第11—16页
捏面人	一男一女两个人	面粉	两人捏好面人用锅蒸,第一锅火太大,面人蒸黑了;第二锅少蒸一会儿,面人太白;第三锅蒸的正好,是黄种人,很受喜欢。黑种人和白种人气得跑到远方住了。	马卉欣《盘古之神》第159页
老天爷也是泥巴捏的	盘古爷、盘古奶	泥土	天下雨,二人往屋里抱泥人,失手将一个大泥人摔落,盘古奶说:"老天爷呀,咋摔着耳朵了!"这一喊,这大泥人就成了老天爷。但他耳朵摔坏,听不见人们祈求的声音了。	马卉欣《盘古学启论》第29页
盘古醉童	盘古爷、盘古奶		二人感到孤单,到天上哄骗一百对男孩女孩来到地上,用桃黍水把孩子们灌醉,收了他们的登云衣。这些孩子们回不了天上,地上人丁兴旺起来。	马卉欣《盘古之神》第153页

这些造人神话,按照造人者、造人材料、造人过程的不同,大致可以分为以下6种情节模式:

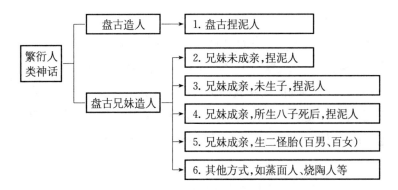

这 6 种造人模式①,每一种都有多种异文,有的说盘古兄妹先造人后开天辟地,有的说造人是秉承老天爷(玉帝)、王母娘娘或太上老君的旨意进行的,有的说盘古妹是老天爷的三女儿,有的说盘古兄妹原是玉帝的儿子金童和女儿玉女,有的说盘古兄妹是从龙蛋里孵出来的、老龙变成了老天爷,而有的故事又说老天爷是盘古兄妹造出来的一个大泥人。当然,这些故事还有更多讲法,譬如,有的说李老君是盘古兄妹的儿子,盘古开天辟地时,妹妹已怀上李老君;有的说李老君开天辟地,然后盘古兄妹在昆仑山滚磨成亲,生下一百对子女自相婚配繁衍人类。这些故事在细节上也存在很多差异,如盘古兄妹成亲时,有的说没有媒人撮合,是盘古妹主动提出要求,然后滚磨成亲的;有的说有媒人,但这个媒人又有石狮子、乌龟、猴子、四不像、王母娘娘、太白金星、鹿鸭仙人、白胡子老头、土地神等不同说法。成亲前兄妹二人占卜神意,滚石磨是最常见的方法,但是在哪里以及怎么滚石磨,也有多种说法。另外,还有人说兄妹成亲之前要"过三关",也是为了征求神明同意,这"三关"是滚石磨相合、隔山穿针、结发挣不开,不过也有人说是拼合龟

---

① 除了这 6 种情节模式之外,上表《盘古醉童》提到的盘古兄妹从天上哄骗一百对男女来到人间的讲法,属于造人故事的特例。

壳、滚石磨相合、点火烟气相聚。至于捏的泥人如何变成了活人，有的说泥人捏成即活；有的说泥人晒干后变成活人；有的说盘古妹捏泥人，盘古吹口气就活了；也有的说盘古捏泥人，盘古妹吹气；有的说泥人沾了血雨，就变成活人；还有的说泥人经过在丹炉中烧炼，然后才变成活人。有的故事中还出现了黑种人到非洲、白种人到欧洲、黄种人被盘古留在身边的情节。还有故事说盘古兄妹造了七千人，分给了世界七大洲——到近现代才传入中国的文化知识，已经被编织到人类起源神话中了。

盘古化生或创造万物，也是豫南盘古神话的主要内容。"化生万物"就是盘古用身体各部分变化成世界万物，因为变化是他临死亡时发生的，所以又叫"临死化生"。泌阳县《盘古创世》说：盘古死后往地上一躺，和大地融到一坨，变成了三山五岳，血化成河流。① 盘古化生万物的情节很古老，三国徐整的《五运历年记》中已有类似的情节②，不过，印度的梵天创世神话似乎是它的源头。③ 除了化生万物之外，盘古还用双手创造万物。如《盘古创世》说：盘古开天辟地后，搭个草棚住下来，捏泥人繁衍子孙，还造

---

① 张正、王瑜廷主编：《盘古神话》，第 2 页。
② 马骕：《绎史》卷一引《五运历年记》云："首生盘古，垂死化身，气成风云，声为雷霆，左眼为日，右眼为月，四肢五体为四极五岳，血液为江河，筋脉为地里(理)，肌肉为田土，发髭为星辰，皮毛为草木，齿骨为金石，精髓为珠玉，汗流为雨泽，身之诸虫，因风所感，化为黎甿。"明代董斯张：《广博物志》卷九引《五运历年纪》云："盘古之君，龙首蛇身，嘘为风雨，吹为雷电，开目为昼，闭目为夜，死后骨节为山林，体为江海，血为淮渎，毛发为草木。"与马骕所引文字大不相同。
③ 梵天，也叫"大梵天"，是婆罗门教的创造神，与湿婆、毗湿奴并称三大神。据《摩奴法典》第一卷《创造篇》载，梵天出自洪水上的梵卵，他把卵壳分成两半，创造天和地，然后创造出十个生主，由他们造出万物。人是梵天用身体的不同部位生出来的。他从口中生出婆罗门，从臂中生出刹帝利，从腿中生出吠舍，从脚下生出首陀罗，由此奠定四种人的地位，形成印度的种姓制度。他还创造了神、魔、害虫、灾难等。对盘古源自梵天的主张，见何新《何新论美》之《盘古神话之谜的阐释》(东方出版社 2010 年版)。

出飞禽走兽。① 豫南还有盘古造房子、制衣、造水牛、造字、造太极等故事。除了造万物,他还创造了婚姻、家庭、姓氏、亲戚称谓、社会行业、节日庙会等文化制度。

笔者在盘古山附近做调查时发现,当地人在讲述盘古神话时,总是把盘古跟盘古山(也叫九龙山)、甜水河、石箱子、盘古船等风物以及方言、民俗的来历联系起来,极少有国家层面的宏大叙事。但是,在当地官员兼"民俗精英"整理出版的作品集中却可以看到盘古创造三皇五帝、九州、五岳等情节,说三皇是盘古选定的②,三山五岳和九州是他设定的。③ 显然,他们在整理盘古神话时做了加工和润色,并注入了自己的民族国家意识。

第四节　盘古神话中的农耕记忆

当代豫南盘古神话对盘古兄妹生存状态的描述,带有中国农耕文明的文化记忆。盘古兄妹的生活方式是农民的,创造万物的方法也是农民的,身上带有很多传统农民的特点。

牛是农业生产的重要帮手,反映到豫南神话中,盘古开天辟地得到了牛的帮助。在豫南神话中,混沌未开时只有盘古兄妹和一头牛,盘古兄妹踩在牛背上完成了开辟天地的过程。豫南处在淮河流域,水稻种植比较多,使用水牛很普遍。有神话说:盘古山下

---

① 张正、王瑜廷主编:《盘古神话》,第1—2页。
② 高瑞远编:《桐柏山盘古神话集》,北京:中国文联出版社2005年版,第49—52页。
③ 张正、王瑜廷主编:《盘古神话》,第2页;高瑞远编:《桐柏山盘古神话集》,第49页。

水田多,得用水牛耕田,盘古奶就用乌泥捏出水牛。为了让它对付豺狼虎豹,就给它捏了很长的角。盘古爷嫌水牛角太长,不好看,就往里使劲一窝,牛角就变弯了。① 水牛的各种特征,在神话中都能得到说明,在用泥捏造的时候就奠定了它的特点。

豫南农民有养殖鸡鸭等家禽的习惯,熟悉家禽孵鸟的过程。盘古兄妹诞生的过程就像禽鸟孵化一样。1986 年在社旗县采集到的《盘古开天辟地的传说》说:"早先,天地不分,像个大鸡蛋,盘古爷就睡在正中间。后来,盘古爷睡醒了,他伸了个懒腰,把天地给撑开了。"②开天辟地在这里被简化为盘古伸个懒腰撑破蛋壳的过程。此传说把混沌中孕育出宇宙卵,宇宙卵里孕化盘古,盘古破壳而出开天辟地,描述得简洁明了。这个描述融入了农民孵化禽鸟的生活经验。

豫南神话中还说盘古出世时手执神斧开天辟地,斧头是当地农民常用的伐木劈柴利刃,也是劈砍硬物的工具。用斧头砍出一片新天地,是农民想象的开辟过程。桐柏县有一种说法:天塌地陷时,盘古兄妹在石狮子肚子里躲过灾难。他们想把天补好,却没有针线。石狮子说,盘古的斧子把儿能当补天金针,山顶上的葛藤就是补天的金线。兄妹二人受到启发,就用斧子把儿串线,把天上破的窟窿补好了。天上密密麻麻的星星,就是盘古兄妹补天的痕迹。③ 豫南的泌阳、桐柏一带建房有用葛藤编织屋顶盖的习惯,这种补天方式融入了农民建房的经验。

盘古兄妹用泥土捏人,捏好的泥人都放在屋子外边晒,就像农

---

① 张正、王瑜廷主编:《盘古神话》,第 58—59 页。
② 魏学勤主编:《中国民间故事全书·河南·社旗卷》,北京:知识产权出版社 2011 年版,第 3 页。
③ 马卉欣编著:《盘古之神》,第 124 页;高瑞远编:《桐柏山盘古神话集》,第 75—76 页,又见第 65 页。

民晒粮食或柴草一样。天下雨时,他们就往屋子里捡,捡不及时,盘古就用大扫帚往屋里扫,结果把一部分泥人扫残了,世上的残疾人就是这样造成的。① 盘古兄妹造出人,教他们种地、打猎、捕鱼,这些人也都过着农耕渔猎生活。

> 盘古夫妻就捏起了泥人。今儿捏,明儿捏,捏了成千上万,晒了满场满院。
>
> 盘古把泥人一摆弄,泥巴人就能走会跑了;妹妹给泥人一吹气,泥巴人就会说话了,又喊爹,又叫妈。盘古夫妻心里乐开了花。
>
> 这一天,盘古夫妻商量,打算给每个泥人起个名字。泥巴人按照盘古的吩咐,一个个从场院里跑出来,有的爬到桃树上,有的爬到梨树上,有的坐在石头上……爬到桃树上的叫桃,爬到梨树上的叫梨,坐在石头上的叫石,站在河边的就叫河……
>
> 这些泥人跟着盘古夫妻学了好多本领,盘古夫妻就把泥人的名当了姓,送往各地过日子去了。他们有的在平地种田,有的去深山打猎,有的到河边捉鱼……②

在这篇神话故事中,盘古捏泥人的造人方式是农民的,造出的泥人向盘古学的本领也是农业方面的。通篇都是农耕渔猎生活景象,这无疑是对豫南农耕生活的直接反映。

---

① 马卉欣编著:《盘古之神》,第158页;张正、王瑜廷主编:《盘古神话》,第39页;河南省泌阳县民间文学集成编辑委员会编:《中国民间故事集成·河南泌阳县卷》,第26—27页。在豫西、豫东、豫北等地,也都有类似的讲法。

② 张正、王瑜廷主编:《盘古神话》,第27—28页。

豫南神话中造人的材料总是泥土。用泥土造人是中国乃至世界人类起源神话的常见情节,对此大林太良在《神话学入门》中给予的解释是:泥土造人的神话是人类文化史上制陶业发明的投影,这类神话依托的文化母体是制陶文化。① 张振犁教授也持此说,他认为:中原创世神话里的"捏泥人",是中原地带黄土制作陶器这一现实生活的曲折反映。② 我们在豫南造人神话中也确实看到过盘古兄妹先捏泥人、再用炉子烧炼的情节。不过,杨利慧教授另有新见,她说:"在一些泥土造人神话中,创世神是在玩弄泥巴捏制各种东西做游戏的过程中无意地创造了人类的。在这类神话中,也许比较明显地体现了人类对童年时期玩泥巴做游戏的记忆。"③豫南造人故事中,盘古兄妹无意间捏出人的讲法也不止一种。不过,笔者更倾向于认为,农耕社会的人们观察到土地孕育各种生命,这些生命终结后又重归土地,化为泥土;人类在大地上生活,依赖大地供给食物,依靠泥土建筑房舍,死后回归大地之中化为泥土——古人在农业生产中感知到自身与泥土的密切关系,对泥土有高度的依赖感,所以在神话中把自己描述成从泥土而来,是用泥土造成的。

大量农业生产生活景象出现在豫南盘古神话当中,其中凝固了深邃的历史文化内涵。"文化记忆有固定点,它的范围不随着时间的流逝而变化,……通过文化的型构,一种集体的经验开始结晶,一旦接触这种经验,其意义就会突然跨越千年而再一次变得触

---

① [日]大林太良:《神话学入门》,林相泰、贾福水译,北京:中国民间文艺出版社 1989 年版,第 66 页。
② 张振犁:《中原神话研究》,上海:上海社会科学院出版社 2009 年版,第 15 页。
③ 杨利慧:《神话与神话学》,北京:北京师范大学出版社 2009 年版,第 54 页。

手可及。"①豫南创世神话展现的农耕生产、生活场面,经过了历史积淀和凝固,已经内化为一种独特的民族文化记忆。

第五节 盘古神话中的信仰记忆

豫南盘古神话及其神仙信仰在 1949 年以后的三十多年是受抑制的,不能公开宣讲,只能在民间社会悄然流传。按照阿莱达·阿斯曼的说法,文化记忆可区分为存储记忆和功能记忆,二者的边界是可以摆动的,并保持很高的渗透性:"(存储记忆)需要相关机构来支持,这些机构的任务是保存、储藏、开发、循环文化知识。档案馆、博物馆、图书馆和纪念馆都肩负着这一任务,研究所和大学也不例外。这些机构抵御着日常记忆中不自觉的对过去的遗忘,还有功能记忆中有意的隐藏。"②这里阿莱达没有论及民间文学的存储记忆功能。其实,在闭塞的农村地区,特别是在不识字的"老农民"那里,民间口头讲述具有顽固的保守性,是一个天然的或曰非机构性的存储记忆载体。所以,在特定的社会政治生态中,盘古神话处于记忆的潜隐状态,或者说暂时的失忆状态。它们并没有消失,仍在民间潜滋暗长,以口传心授的方式传承,并以传统的方式解释天地万物的来源——这也许是盘古神话唯一残存的文化功能。在社会政治形势发生转变之后,豫南盘古神话又重新被推上前台,甚至成为地方文化的瑰宝。近年豫南盘古神话成为国家级

---

① [德]扬·阿斯曼:《集体记忆与文化身份》,陶东风译,陶东风、周宪主编:《文化研究》第 11 辑,北京:社会科学文献出版社 2011 年版,第 7 页。

② [德]阿莱达·阿斯曼:《回忆空间——文化记忆的形式和变迁》,潘璐译,北京:北京大学出版社 2016 年版,第 154 页。

非物质文化遗产项目,被泌阳、桐柏二县竞相视作文化名片,其中的文化记忆也成为地方文人和各地学者一再挖掘,并被赋予了时代的、主流意识形态的内容,已从受冷落、被抑制的存储记忆转变为地方上热衷发掘和利用的功能记忆。

盘古神话承载的神仙信仰记忆,按照出现频次和重要性,可分为三个层次。处在第一层次的是盘古兄妹,第二层次的是玉帝、龙、太上老君,第三层次的是张天师、真武、财神、八仙、土地神等一批神仙。

盘古兄妹,有时称盘古夫妻,有时又称盘古爷、盘古奶,有时泛称姊妹俩、兄妹俩、两个人,有时又有专名,如雷生、雷花①、古瑞、古凤②、盘安、盘玉③、玉哥、玉姐④。不管采用哪一种称呼,只要故事情节是兄妹成亲、繁衍人类,都可以把他们还原为盘古兄妹。他们二人是豫南创世神话的主角,也是信仰的主要对象。

盘古庙(以前称"盘古寺")在"文革"时期被拆毁。像很多地方一样,这里也流传拆庙遭报应的迷信传说。据说当年带人上山拆庙的人,后来在山上打猎时被同伴当作野兽打死了。"这就是报应,盘古爷罚他的。"在盘古庙卖香烛的 P 氏说。⑤ 类似的盘古显灵的迷信传说还有不少,但这并不表明盘古信仰在当地一直都占有突出地位。实际上,盘古庙的山门殿和正殿都保留着解放前盘

---

① 《鹿鸭媒》,马卉欣:《盘古之神》,第181页。此故事中的"鹿鸭仙人"应当就是《封神演义》中的西昆仑散仙陆压。明清通俗小说人物经常渗透到民间故事当中,这种文人文学回流民间文学的现象,被一些研究者称作"反哺现象"。
② 《盘古姐弟造七千人》,马卉欣:《盘古之神》,第157页。
③ 高瑞远:《桐柏山盘古神话集》,第76页。
④ 《玉人与玉姐》,张振犁、程健君编:《中原神话专题资料》,中国民间文艺家协会河南分会1987年版,第131—134页。
⑤ 采访人:黄景春;采访对象:P氏(卖香烛小贩);采访时间:2004年7月26日上午;地点:盘古庙。

古寺的格局,塑立佛教的天王和观音菩萨,后殿才是盘古的塑像。笔者注意到,观音殿的香火至今仍然很旺。前来祭拜的香客也秉持实用主义的态度而求子、求财、求平安,见神就磕头。当然,对后殿的盘古爷的崇拜也很虔诚。特别是三月三庙会期间,是盘古神性大放光彩的时刻,开幕式上的讲话强调盘古神话的古老性和神圣性,赶庙会的民众则主要叙述盘古大神的灵应,凸显盘古的地位,好像这里只有盘古大神似的。当然,开幕式讲话稿大多出自地方知识分子之手,某些研究机构的专家也起到指导作用。政府官员对盘古神性的强调是一种文化氛围的渲染,也是对文化资源开发的一种精神动员。当地政府不断采取措施扩大盘古神话的影响,规划和建设盘古山景区,资助编撰和出版盘古神话集,邀请知名专家前来参加开幕式或研讨会,这些都成了旅游、文化部门工作的一部分。2006年8月笔者随同中原神话国际研讨会专家再次来到盘古山考察时,发现相传盘古爷、盘古奶滚磨成亲使用的大磨,被从六里之外的大磨村搬到了盘古山的东山坳,以便符合神话中石磨在山坳相合的情节。2014年再度来到这里,却发现东山坳里的大磨又不见了踪影。询问之后方得知:经盘古镇干部做工作,大石磨从村民那里临时借给盘古山陈列,让专家们看一看,当天晚上就送回大磨村。① 我们不能说专家们只看到一个假象,因为滚磨成亲的情节在当地是流行的,在东山坳摆上石磨显然让神话情节得到印证。这些工作都是在泌阳县文化局干部的指导下完成的。政府的介入和指导不仅让盘古神话得到更多搜集、整理和出版,也让当地人文景观与神话情节更加吻合。神话作品和景观

---

① 采访人:黄景春;采访对象:CGQ(盘古镇干部),CYJ(盘古山景区开发公司干部);采访时间:2014年4月29日上午;地点:盘古镇政府办公室,盘古山景区开发公司接待室。

也推动了对盘古爷、盘古奶的崇拜。

  在豫南盘古神话中，出现比较多的还有玉帝、龙、太上老君。《龙生盘古》中盘古兄妹是从两个龙蛋里孵化出来的，老龙变成了老天爷。① 把宇宙卵说成是龙蛋，其中包含着古老的龙信仰；而把孵蛋的老龙说成老天爷，体现了民间的天帝信仰。在民间社会，玉帝（老天爷）是最高神，受到的崇拜最多。在有的讲法中，盘古兄妹繁衍人类是秉承玉帝旨意进行的。② 还有一种说法，盘古兄妹用玉帝的如意球造出大地。天空也是盘古造出来的，天之所以是蓝的，是因为玉帝给了盘古兄妹一块蓝手帕，兄妹俩往天上一扔，头顶上就出现蔚蓝的天空。但手帕卷了一角，东北角天空就没长严，盘古用冰块补住了东北角的漏洞，所以刮东北风就特别寒冷。③ 还有一种说法，人活七十岁也是玉帝（老天爷）确定下来的。④ 又有一种说法，老天爷是盘古兄妹捏的一个大泥人，下雨时往家里抱，摔在地上了，耳朵摔坏了，所以人们向他祈告什么他都听不见。⑤ 这些神话情节，具有特定的文化阐释功能，是地方知识的一部分。

  此外，在盘古开辟神话中，有时还会出现张天师、真武（祖师）、财神、八仙、太白金星、王母娘娘、雷公、土地神以及其他仙人的信仰。还有一位白胡子老头，民间多认为是太白金星，但也是一般神仙的化身，在神话故事中出现多次。石狮子、石龟也会出现在神话情节当中。石狮子有时又被称作"四不像"，被说成是天上太上老

---

① 马卉欣:《盘古之神》，第91页。
② 《盘古兄妹繁衍子孙的传说》，载《中国民间故事集成·河南泌阳县卷》，第28页；《滚磨成亲》，张正主编：《盘古山故事》，第14页。
③ 《盘古开天地》，张正、王瑜廷主编：《盘古神话》，第5—7页。
④ 《人活七十古来稀》，马卉欣编著：《盘古之神》，第138页。
⑤ 马卉欣:《盘古学启论》，北京：中国社会科学出版社2003年版，第29页。

君的坐骑下凡,成为盘古兄妹的救助者和成亲时的媒人。盘古兄妹捏的泥人没有生命,四不像把太上老君的炼丹秘法传授给他们,他们把泥人放进炼丹炉烧炼七七四十九天,泥人都变成了活人。①

当代豫南盘古神话还经常与洪水神话相结合,把盘古兄妹说成是在石狮子肚子里躲过浩劫的"种民",通过兄妹成亲重新繁衍人类,让世界获得新生。② 这种末世论、种民论存在于我国古老的宗教观念中,早在东汉《太平经》中即已出现,所谓"五百年必有劫难"的论调在后世也从未断绝。在豫南盘古神话中,来到人间考察并选择"种民"的是玉帝、太上老君等著名神仙或他们派下来的石狮子,他们之所以选中盘古兄妹,主要因为他们心地善良。在豫南的社旗县,太白金星受玉帝之命到下界选"人种",他选中了心地善良的盘古兄妹,在天塌地陷之前让他们躲进铁狮子肚子里。后来太白金星劝他们兄妹成亲,盘古拒绝。太白金星再劝:"世上确实没人了,当初老天爷叫把您俩留下就是叫当人种哩。"于是兄妹二人采用滚石磨方式占卜天意,成亲以后通过捏泥人繁衍人类。③ 选择"种民"的主要标准是心地善良、品行优良。这与《太平经》"天地混聋,人物糜溃,唯积善者免之,长为种民"④,强调"种民"的善德,是完全一致的。有善德者获得天地神明佑护,这种古老信念在豫南盘古神话中也同样得到铭记。

---

① 张正、王瑜廷主编:《盘古神话》,第 11—15 页。
② 洪水毁灭世界,兄妹成亲再造人类的神话在我国各民族分布广泛,[德]艾伯华《中国民间故事类型》把它归在第 47、48 两个母题之中,[美]丁乃通把地陷型大洪水故事归在 825A 母题之下,分别见王燕生等译:《中国民间故事类型》,第 526 页,北京:商务印书馆 1999 年版;郑建威等译:《中国民间故事类型索引》,第 167 页,武汉:华中师范大学出版社 2008 年版。
③ 魏学勤主编:《中国民间故事全书·河南·社旗卷》,北京:知识产权出版社 2011 年版,第 5—6 页。
④ 王明:《太平经合校》,北京:中华书局 1960 年版,第 1 页。

第六节　豫南盘古神话的当代重构

在一系列访谈中笔者发现,豫南神话的讲述人大都清楚地意识到自己是在讲故事。当笔者要求他们对自己所讲故事是否真的发生过做评判时,多数人会说"开天辟地只是一个传说","不可能是真的"。当地五六十岁的人都知道地球环绕太阳公转,有的中青年人甚至能说出宇宙大爆炸之类的科学假说,这些天文知识成为颠覆盘古神话真实性的思想资源。虽然人们还在讲述盘古开天辟地神话,也会用神话故事解释一些自然和社会现象,但这些讲述只是提供一种说法而已。近现代以来的学校教育,特别是当代九年义务教育,已经把科学知识普及到普通民众之中。他们即便没有完善的科学知识体系,也具有了一定的知识基础。这是豫南盘古神话当代讲述的知识和观念背景。

当代豫南盘古神话凝结了古老的文化记忆,但它与科学知识、国家意识、地方政府的开发诉求相遇合而得以重构,呈现出丰富多样的形态。在当今保护"非遗"的社会背景下,它已经被资源化、遗产化,成为当地鼎力打造和开发的文化项目,泌阳、桐柏都将其视为本县的文化名片。他们都要把这张文化名片打造得符合国家意志和当代价值观念,所以盘古神话不断被注入新的东西,建构出新的故事情节。

当代口承神话中经常夹杂着新事物,如马卉欣采集到的《盘古不听老牛劝》说盘古兄妹和老牛被包在大气球里。[①] 用"气球里"

---

① 马卉欣编著:《盘古之神》,第104—105页。

的景象取代混沌世界固然生动形象,可是封闭而不透水汽的气球是现代化学工业时代的产物,用它描述开辟前的宇宙原型,让传统神话带上了现代色彩。

桐柏县还有一种说法:天地未分时,盘古身披驾云衣、脚穿登云鞋在云彩里游玩,被一个大气包挡住了去路。他用斧子砍破气包,气包漏气往下落,后来就变成了大地,天和地就分开了。① 这则神话暗含了大地是一个圆球的观念。泌阳县采集到的《盘古开天地》说:盘古抛出玉帝的蓝手帕变成天,盘古妹抛出玉帝的如意球变成地。② 明确把大地说成球形,显然有关地球的知识已经被编织到神话故事当中了。

当代民间文化的传承越来越多地受到来自国家政策和地方"民俗精英"的介入,有意识地建构成为驱动包括口头文学在内的各项民间文化的重要动力。岩本通弥曾指出:"无论民俗学还是人类学,都以文化是无意识的传承为前提。但是,现代传承开始变成一种有意识的行为,一种有意识地创造记忆的时代。"③在当今全民识字的时代,豫南盘古神话作品的结集出版直接引领神话的民间讲述的演变走向。迄今泌阳、桐柏二县整理出版了十多部盘古神话集,编撰者都是本地人,都受过高等教育,都是当地主管文化、教育工作的官员或党政干部。他们在整理神话故事时,有意识地把自己的文化知识、国家观念注入神话文本之中,从而服务于地方政府申报"非遗"项目、开发盘古文化的目的。马卉欣于1984年

---

① 张楚北主编:《中国民间故事集成·河南卷》,北京:中国 ISBN 中心 2001 年版,第 4 页。
② 张正、王瑜廷主编:《盘古神话》,第 6—7 页;焦相贤编著:《盘古山传说与盘古文化》,郑州:中州古籍出版社 2006 年版,第 221 页。
③ [日]岩本通弥:《作为方法的记忆——民俗学研究中"记忆"概念的有效性》,王晓葵译,《文化遗产》2010 年第 4 期,第 114 页。

12月跟河南大学中原神话调查组合作调查盘古神话,由于得到了张振犁等老师的指导,他的搜集、整理工作比较规范。他所调查的神话大多刊载于1993年出版的《盘古之神》一书。该书收录豫南盘古神话34篇,注明的讲述者共31人。这31人中,文盲、半文盲6人,小学文化程度4人,中学以上文化程度7人,学历不详者14人。从职业情况看,农民19人,工人1人,国家干部3人,小学教师1人,民间艺人2人,和尚1人,职业不详者5人。这些数据表明马卉欣的调查深入到了农村社会和基层民众,他搜集整理的神话也应是比较符合民间原貌的。他在《盘古之神》一书中如实记录了农民的讲述:盘古从第一个龙蛋出来,用神斧砍那个在云海里飘来飘去的"大包包"开辟大地,然后盘古妹也来到大地上。但是,他在2003年出版的《盘古学启论》一书中介绍这则神话时他却说:第一枚龙蛋破壳出了个盘古大神,他手持神斧下了凡,来到地球;第二枚龙蛋出了个女子,也来到地球。① 这两处他都把大地说成了"地球"。原来讲述的"大包包"形状的大地,已暗含了大地是圆球的观念,但还比较模糊。在另一篇故事里,马卉欣把"大包包"说成"大气包",气包被砍漏了气,落下来就变成了地②,大地是圆球形的观念更清楚了。待到这里马卉欣明确说大地是"地球"的时候,他就完成了一次用现代天文知识对当代神话的加注。这种加注实际上就是利用自己的文化知识对神话进行合理化推演,而经过这样推演的神话在当今很容易被接受,经过阅读很快就变成了口头讲述,进而成为豫南盘古开辟神话的有机组成部分。笔者在盘古山地区的调查也发现,不少中青年讲述人都不知不觉地把盘

---

① 马卉欣:《盘古学启论》,第238页。
② 张楚北主编:《中国民间故事集成·河南卷》,第4页。

古开天辟地说成创造地球。

类似情况在高瑞远编著的《桐柏山盘古神话集》中表现得更突出些。高瑞远的书中除收录了马卉欣搜集到的神话故事,还收录他自己整理的13个人讲述的28篇神话。这些讲述人中有9位农民(讲16篇),2位城镇干部(讲6篇),1位小学教师(讲5篇),1位道士(讲1篇)。9位农民中有4位村支书和村主任,他们讲11篇神话,其他5位普通农民只讲5篇。从这些数字可以看出,高瑞远对神话的搜集比较倚重于基层干部和文化人士,而他们比普通农民具有更多的科学知识和国家观念。高瑞远整理出的神话虽然与当地山水风物结合紧密,但较多的书面语言和积极昂扬的精神气质都告诉我们,这些文本经过了较多的加工改造。① 事实上,《盘古选"三皇"》这样富有国家意识和历史纵深的神话正是出自包括村支部书记在内的较有文化的讲述人口中,初步搜集者是劳动局干部,高瑞远则是最后的整理者。经过多次加工、整理,国家的、时代的意识形态融入神话文本之中。

张正主编的《盘古山故事》一书,也注入了很多国家意识。该书中《盘古兄妹神话》一篇讲述了天塌地陷、盘古兄妹成婚,用太上老君的炼丹炉烧炼泥人。由于火候不一样,火候过头的皮肤黑,成了黑种人,到非洲谋生;火候欠缺的皮肤白,成了白种人,到欧洲谋生;火候恰到好处的皮肤黄,是黄种人,被留在自己身边。该故事

---

① 以高瑞远与他的合作者赵琢坤收集整理的《盘古夫妇幻化成石》为例:"传说盘古夫妇两人吵架后分居了,盘古爷来到南大山,即太白顶下大复山(盘古山),在这里头朝东南,腿朝西北,仰卧而物化,现酷似一老翁躺卧的山形清晰可见,人称盘古岭(盘古躺像)。盘古奶头朝西北,脚朝东南,仰卧在黄岗乡启母岭中部偏西的一条山岭上,轮廓清晰,似一熟睡老婆婆安详地躺着,'盘古奶岭'由此得名。由于盘古奶为人类始祖母,又长眠在这里,人们就说这是启母岭。"(见该书第102页)这段故事的书面化语言绝非出自民间讲述,应是两位编者"写"出来的。

末尾讲道:

> 八国联军时为什么白人打中国？就是因为白人恼盘古：当初为啥不等他们烧好就把炉门打开了，使他们成为这般模样，因而耿耿于怀。
>
> 八国联军时为什么没有黑人参加？就是因为他们虽使祖先不喜欢，但却留给了他们健康的体魄，也就知足了。
>
> 八国联军时为啥小日本也参加呢？他们痛恨盘古奶捏泥人时，将他们的个头捏矮了，因此也久久怀恨在心。①

把近代以来的国家变难融合到盘古神话当中，并用盘古兄妹当初造人的情节解释历史事件发生的原因，这不是基层百姓所想象得到的，也不是他们感兴趣的。而此篇的讲述人是某地方官员。显然，讲述者特定的身份和职务赋予神话故事强烈的民族国家意识。

另外，笔者在两次调查中还发现，当地民众讲述的盘古神话中多带有贬低女性、男女私情的内容，但在高瑞远、张正等人整理的神话文本中，这些被干干净净地清洗掉了。这当然不能视为编者个人"整理"的结果，事实上出版单位也会对那些"不积极"的内容进行把关和过滤。更重要的是，2006年以后出版的盘古神话集都是为国家级"非遗"项目服务的，我国保护非物质文化遗产的目的是"继承和发扬民族优秀文化传统、增进民族团结和维护国家统一、增强民族自信心和凝聚力、促进社会主义精神文明建设"②，与此目的不

---

① 张正主编：《盘古山故事》，郑州：中州古籍出版社2009年版，第23—28页。
② 《国务院关于公布第一批国家级非物质文化遗产名录的通知》，国发〔2006〕18号。

协调或相违背的内容不利于"非遗"项目的成功申报,当然都要祛除。作为有志于地方文化振兴的干部,谁愿意与自己的奋斗目标背道而驰呢?于是,泌阳、桐柏二县出版的盘古神话集都呈现出积极乐观的格调,科学知识和国家意识不时显现出来。诸如近亲结婚不好①,世界分为七大洲②,世界上有白种人、黑种人、黄种人等说法③,都是当代经学校教育和社会宣传普及于世的知识,现在一并被建构到神话当中,让盘古神话呈现出诸多的当代性特征。

在国家政策和地方政府开发诉求的引导下,地方官员兼"民俗精英"整理出的豫南盘古神话,从语词、情节、人物形象到知识观、价值观都发生了合乎时代文化、合乎主流意识形态的变化。这些神话书主要在当地书店、景区、寺庙等场所销售,通过大众阅读很快就影响到民间的讲述活动,并转化为一种民间口头传承。特定内容经此渠道内化为民众记忆,从而为神话承载的民族记忆增添了新鲜的内容。依托这样的新神话衍生出来的盘古信仰、盘古山庙会以及新开发的盘古山景区,反过来又对神话的讲述和传播起到支持作用。人文景观与神话讲述相互支撑,共同构建出一个具有地方特性的民族文化的"记忆之场"。

扬·阿斯曼指出:"没有什么记忆可以原封不动地保存过去,……文化记忆通过重构而发挥作用,也就是说,它总是把它的知识联系于一个实际的或当代的情境。"④豫南盘古神话在当代语

---

① 《中国民间故事集成·河南泌阳县卷》,第 28 页;焦相贤编著:《盘古山传说与盘古文化》,第 236 页。
② 马卉欣编著:《盘古之神》,第 158 页。
③ 马卉欣编著:《盘古之神》,第 159 页;高瑞远编:《桐柏山盘古神话集》,第 45 页;张正主编:《盘古山故事》,第 27—28 页。
④ [德]扬·阿斯曼:《集体记忆与文化身份》,陶东风译,陶东风、周宪主编:《文化研究》第 11 辑,第 8 页。

境中被重构了。当这种重构是与相关的自然景观、建筑物、出版物、国家政策和地方政府诉求一道推进,当整个"记忆之场"都发生了新的变化的时候,豫南盘古神话呈现的民族记忆的新变也就更加顺理成章且势在必行了。

第七节 民族记忆的地方化呈现

豫南盘古山神话景区开发遵循的基本思路是呈现中华民族历史、表现当代国家意识,在此思想框架下,将盘古开辟、造人的情节及中华文明起源加以有形化展示。实际上,景区开发完善了盘古山的文化象征功能,作为"地形学文本"的山、湖、庙、像、广场、石碑等自然和人造景观,构成了盘古神话、中华文明的象征性表达形式,但所展示出来的神话内涵与民间讲述的比较传统的神话难免貌合神离。民间传统神话仍在演示古人对天地开辟、人类起源的想象,而注入了国家意识的新开发的神话景观则侧重于展现中华文明的历史进程和价值观念。两种神话都属民族记忆,前者仍被当地民众用于解说宇宙、事物、制度的起源,后者则被国家意识所利用,展现民族国家的历史渊源和价值观念。应该说,后者更多体现了民族记忆的特点。

按照阿莱达的说法,民族记忆具有区分功能,在一个群体内形成身份认同。民族记忆不仅包含文化的成分,也包括国家政治的内容,"它可以随时变得像官方记忆一样具有政治意味"[①]。也就是说,具有政治色彩的民族记忆,与传统的文化记忆相比,具有了

---

① [德]阿莱达·阿斯曼:《回忆空间——文化记忆的形式和变迁》,第153页。

更多国家的和时代的色彩。就豫南盘古神话而言,它所承载的农耕记忆、信仰记忆在被改造的过程中大部分得到保留,但也被增添了民族国家的历史起源、价值理念,融合了现当代人对民族历史的思考和判断。如果说盘古广场、伏羲庙、三皇广场、五帝广场之类体现的是国家的历史认知,玉皇庙、瑶池、蟠桃园、祖师殿、全神庙、财神庙体现的是信仰传统,那么岳王庙、精忠湖体现的是伦理观念和价值判断,盘古老家、百家姓一条街体现的则是寻根问祖、国家和谐、人民团结的政治文化理念。当代豫南盘古神话呈现的民族记忆是多样化的,或者说是复数化的,而不是单一的记忆形态。

民族记忆的这种复数化形态,在地域文化或地方政治语境中,增添了更多的复杂性。

盘古神话在豫南普遍流行,但中心区域是环绕盘古山的泌阳南部、桐柏北部一带。两县境内都有盘古神话的"地形学文本",而以泌阳县更为集中。盘古山在泌阳县境内,南距桐柏县边界十余里。但是,桐柏县境内也有盘古洞、八子山、歪头山以及新发现的盘古爷卧像、盘古奶卧像、盘古磨,新造的盘古祖殿等景观;而泌阳县境内除了盘古山、盘古庙、(盘古)奶奶庙之外,还有石狮子、大石磨、百神庙、石箱子、石船等景观,盘古山所在的陈庄乡也被改名为盘古乡。经过景区开发之后,盘古山各项景观集中,殿宇堂皇,能够更好突出神话情节。

最近一些年,两县都在境内做调查、整理工作,且宣称盘古神话为本县文化。在争夺盘古神话方面,两县形成了对抗性竞争态势,不仅都诋毁对方扯谎和文化造假,甚至将对方的神话集主编以剽窃罪名告上法庭。虽然2008年两县一起成为国家级"非遗"项目(I-57盘古神话)的保护单位,但这并没有消弭双方的竞争关系。原本在民间并无隔阂和异样的豫南盘古神话,由于地方利益的竞争而被区分成了桐柏县盘古神话和泌阳县盘古神话。近年双方出版的盘古神话集都只收录本县境内故事,而把对方境内的故事排斥在外。如今桐柏县举行盘古神话研讨会、九月九盘古诞辰纪念都不邀请泌阳县官员或文化人士参加;泌阳县的三月三庙会也不邀请桐柏县官员出席,盘古山景区开发也不听取桐柏县方面的意见,旅游景区开发严格限制在本县境内。

最早对盘古神话进行采集、整理的是桐柏县的马卉欣,第一本豫南盘古神话集是他的《盘古之神》。马卉欣的研究得到了袁珂、张振犁、陶阳等学者的支持,他的这本书让学术界了解到豫南盘古神话的基本情况,也让桐柏县在这种竞争中占得先机,乃至于一些研究者误认为盘古山在桐柏县境内。① 后来桐柏县被中国民间文艺家协会命名为"盘古之乡",在盘古神话成为国家级"非遗"项目的保护单位排名上也置于泌阳县之前,这都让泌阳县一些文化干部感到不满。

泌阳县直到申报国家级"非遗"项目前夕才资助出版了第一本神话集,即张正、王瑜廷主编的《盘古神话》。这本被马卉欣指责为剽窃的神话书,标明的讲述人没有一个是桐柏人氏,大多数都采自泌阳县境内,少数来自确山、唐河等县。后来泌阳县资助出版的其他几部盘古神话书,也都排斥桐柏境内流传的盘古神话。尽管每年的三月三盘古山庙会上来自桐柏县的民众很多,但在泌阳县官方资助出版的神话集中,似乎桐柏并不存在盘古神话和盘古信仰一般。这种人为割裂盘古神话的现象仍在延续。

---

① 如袁珂在给马卉欣《盘古之神》所写的《序》中就说:"盘古山的北面,是泌阳县界","每年一度的盘古庙会在河南省桐柏山举行";张振犁在马著《前言》中也说"我和程健君先生专程去桐柏盘古山考察"。(见《盘古之神》第5—6、8页)袁珂、张振犁都把盘古山、盘古庙会误作在桐柏县境内。

事实上,这种义气化的地方文化主导权争夺主要发生在两地的干部之间。考察两县神话书编者可以发现,他们都是两个县副科级以上文化、教育或党政干部,没有一位纯民间人士。出于地方文化政治的考量,他们只宣扬本县盘古文化,有意将对方排除在外。即以盘古兄妹滚磨成亲的物证大石磨为例,泌阳县盘古山东北大磨村的那扇大石磨被认为是当年盘古兄妹所滚的石磨。2006年8月泌阳县干部从大磨村借出这扇大石磨,暂时摆放到盘古山东山坳,以便前来参观的国内外神话学专家看到这件"神话物证"。但这种应景性摆设让桐柏县干部感到不满,他们宣称本县文物普查时在月河乡发现的一扇大石磨才是盘古兄妹滚磨成亲的实物,当地人把这扇石磨视作盘古爷、盘古奶的圣物。至于泌阳县的那扇石磨,"无非是清朝光绪年间或稍早一点,由文人或道教(士)共同合计,请锻磨匠制作而已,是赝品"①。两县文化干部都在建构本县境内盘古兄妹及其遗物的神圣性,而对对方境内的信仰、民俗和遗物予以无视或否定。更有甚者,两县编撰的神话书也只能在本县销售,对方县不会销售,因而也很难看到。这就给本县读者一种误导:桐柏人以为盘古神话是桐柏独有的文化,而泌阳人以为盘古神话是泌阳独有的文化。这种误解会造成文化记忆的地方化,从而割裂同一地区不同行政区内人民的文化记忆。

豫南盘古神话体现的民族记忆原本就有传统与当代、民间与官方之不同,是复数化的记忆形态,在民族内部形成阶层的、区域的群体认同,这本是司空见惯的文化现象,也是历史发展中自然生成的结果。但是,当今两地新出现的竞争态势,人为地造成了文化

---

① 马卉欣编著:《盘古之神》(修订本),北京:中国炎黄文化出版社2007年版,第22页。

记忆的地方化割裂，不仅使得群体内部的记忆更加复杂化，也造成了地区之间的关系紧张。扬·阿斯曼在讨论文化认同和政治想象问题时，曾指出文化并非一直起着融合作用，它还起到割裂作用，从而成为群体内部一体化的鸿沟，"文化越复杂，这条鸿沟在群体内部造成的撕裂就越巨大"①。但是，在一个原本的民族的、文化的共同体内部，人为撕裂造成某种隔阂肯定是一种不良趋势。社会记忆应该维护共同体的和谐与一致，而非相反。这恰如阿斯特莉特·埃尔所指出的："记忆的首要任务并不是存储知识，而是遗忘和通过选择和构建过去相关信息来构建一个同一体。"②在泌阳、桐柏二县，围绕盘古神话打造的记忆是在割裂同一体，这种发展趋势值得警惕。虽然它还不会造成两地民众的情绪对立，但已制造出了文化上的不和谐因素，加剧了不同政区之间的利益纠纷，并因而造成了文化记忆的裂痕。

当然，改变这一不良趋势除了需要行政权威干预和协调，还需要破除狭隘地方主义的利益观，在更高层面和更大视野中编撰豫南盘古神话集，从而在整体上认识盘古神话在豫南文化和民族记忆中的地位。

（笔者在盘古山调查期间，得到了泌阳县文化局原副局长张正、驻马店市人大干部栗建军、盘古乡党委书记陈国强、盘古山景区开发公司项目负责人李柱、王国喜等人的协助，特此致谢！）

---

① ［德］扬·阿斯曼：《文化记忆：早期高级文化中的文字、回忆和政治身份》，第156页。
② ［德］阿斯特莉特·埃尔、安斯加尔·纽宁：《文学研究的记忆纲领：概述》，冯亚琳、［德］阿斯特莉特·埃尔主编：《文化记忆理论读本》，第223页。

第二章
甘肃泾川西王母神话新构及仪式重建

甘肃省泾川县城西的回中山,是当地西王母信仰的中心。山上的石窟、庙宇、塑像、石碑以及每年两度的西王母庙会,和有关西王母的文献记载一起,构成了西王母文化的记忆之场。当地有关西王母的民间口述神话在改革开放后西王母信仰和仪式重建过程中起到了重要推动作用。2008年泾川县申报的"西王母信俗"项目作为民间俗信的一种进入国家级"非遗"名录(编号X-85),从而进一步推动了西王母祭拜仪式在民间、道教和官方三个层面上的重建。现在,"非遗"保护活动和官方组织的西王母公祭大典已是传承西王母文化记忆的重要途径。

第一节 回中山的西王母信仰

泾川县的西王母记忆除了拥有大量历史文献,还以口承神话和祭拜仪式的方式集中呈现在回中山上。回中山,又称回山,传说西王母曾降临此山,汉代已在山上建王母祠。唐代以后,此山又称王母宫、宫山。又因山南麓有多个涌泉,汇成溪流和水潭,民间称之为瑶池沟,此山也被称作瑶池。历代文献对泾川西王母的记载也都集中在回中山。当然,有些记载当初与此山并无瓜葛,是后来的附会性解释让此山的西王母信仰史上溯到了黄帝时代。久远的历史追溯也使这里成为西王母圣地。即以《穆天子传》为例,该书叙述周穆王巡游、田猎、驻跸、祭祀诸事,其中也描写了周穆王会见西王母的故事。其卷二云"天子□昆仑""至于西王母之邦",卷三则描写了周穆王拜访西王母,二人在瑶池相会的情景:

> 吉日甲子,天子宾于西王母。……乙丑,天子觞西王母于瑶池之上。西王母为天子谣曰:"白云在天,山陵自出。道里悠远,山川间之。将子无死,尚能复来。"天子答之曰:"予归东土,和治诸夏。万民平均,吾顾见汝。比及三年,将复而野。"天子遂驱升于弇山,乃纪其迹于弇山之石,而树之槐,眉曰"西王母之山"。①

西王母会见周穆王的瑶池,一般都认为在昆仑山上。昆仑山既是黄河之源,也是众神会聚之山,在中国古代神话中有"天帝下都"之称。然而,昆仑山地望众说纷纭,现已出现了祁连山、喀喇昆仑山、天山、喜马拉雅山等多种解说。瑶池所在之地也有甘肃泾川、新疆天池、布伦托海、赛里木湖、青海青海湖、格尔木黑海、德令哈市褡裢湖、乌兰县察汉诺尔(蒙古语"白湖")等说法。泾川回中山最靠近汉唐政治文化中心长安,因而也最为人们所熟知。相传秦始皇、汉武帝都曾到这里游历过。《史记·始皇本纪》载:"二十

---

① 《穆天子传》,上海:上海古籍出版社1990年影印本,第10页。

七年,始皇巡陇西、北地,出鸡头山,过回中。"①裴骃集解引应劭曰"回中在安定高平",又引孟康曰"回中在北地",张守节正义引《括地志》云"回中宫在岐州雍县西四十里",都与泾川县的回中山无关;但这并不影响后人把秦始皇巡幸的"回中"说成是泾川县的回中山。②类似的曲解也发生在汉武帝身上。汉乐府《上之回》叙述汉武帝到回中甘泉宫消夏避暑之事,诗云:"上之回所中,益夏将至,行将北,以承甘泉宫。寒暑德,游石关,望诸国,月氏臣,匈奴服。令从百官疾驱驰,千秋万岁乐无极。"③这首诗原本跟泾川回中山没有任何关系,但从唐代开始就把《上之回》解作汉武帝到泾州祭拜西王母。如胡曾咏史诗《回中》云:"武皇无路及昆丘,青鸟西沉陇树秋。欲问生前躬祀日,几烦龙驾到泾州。"④此诗所吟回中,就是今天泾川县的回中山。胡曾诗中的意思是说,殷勤寻仙的汉武帝因无法到达昆仑山,生前多次驾临回中山拜谒西王母。依照胡曾诗意,汉武帝不仅来此祭拜西王母,而且还来了很多次。

唐代以后,泾川回中山已被坐实为西王母瑶池所在地。北宋开宝元年(968)陶谷撰《重修回山王母宫颂》,石碑至今仍保存于回中山的回屋。碑文曰:

> 王母事迹其来久矣,名载方册,理非语怪。西周受命之四世,有君曰王满,享国五十载,乘八马,宴瑶池,捧王母之觞,乃

---

① 司马迁:《史记》,北京:中华书局1959年版,第241页。

② 柯杨:《甘肃泾川与西王母民俗文化》,《寻根》1999年第5期,第39页。泾川县流传的《王母宫山的传说》也说:"传说秦始皇当年也到过回中。"(曹晓兰、张怀群编:《中国民间故事集成·甘肃卷·泾川民间故事》,泾川县民间文学集成编委会1991年印,第78页。)

③ 袁謇正编:《闻一多全集·楚辞编乐府诗编》(第5册),武汉:湖北人民出版社1993年版,第719—720页。

④ 彭定求等校点:《全唐诗》卷647,北京:中华书局1960年版,第7436页。

歌黄竹；西汉受命之四世，有君曰帝彻，享国亦五十载，期七夕，会甘泉，降王母之驾，遂荐仙桃。周穆之观西极也，濯马潼，饮鹄血，践巨搜之国，乃升弇山，故汲冢有《穆天子传》；汉武之祷灵境也，祀雍畤，幸朝那，立飞廉之馆以望玄圃，故乐章有《上之回》曲。①

此碑最后还有"抚弇山之旧石，纪泾水之仙祠"二句，把回中山等同于弇山，如此则瑶池就在此山，被说得确凿无疑。从宋代到明清，类似的碑刻、诗文屡见不鲜，乃至于《穆天子传》描写的周穆王题"西王母之山"，也立篆碑于山上，以为周穆王驾临此山的证据。回中山下回屋以前还竖立"古瑶池降西王母处"石碑一方②，作为西王母曾降临此山的纪念物。元明时期，随着西王母被改造成玉皇大帝的御妻王母娘娘，其地位进一步提高，山上的祠庙建筑也更加可观，且不断在重修中扩大规模。明嘉靖元年(1522)彭泽《重修王母宫记》载，当时重修的殿宇甚多，"王母殿、玉皇阁者各五楹，周穆王、汉武帝行祠各六楹，其余雷坛及玄帝等庙有差，……规制整严，轮奂丽美，大非昔比"，并说修庙都是当地乡耆之意，"欲为旱、潦、疫疠之祷而设也"。③ 可知明代回中山西王母信仰极盛，庙宇规模巨大，当地人遇到各种灾害都到山上祈禳。

回中山被当地文人以及到此任职、游历的官员、学士视作西王母之乡、瑶池所在地，于是上古西王母神话，诸如西王母与黄帝、帝舜、大禹、后羿的往来，也被附会过来。回中山被建构成西王母信

---

① 张怀群等：《丝绸之路上的世界遗产：泾川文化遗产录》，北京：中国文史出版社2011年版，第99页。
② 此碑林则徐日记中曾记载过，1934年张恨水到泾川回中山旅行，为石碑拍摄一幅照片。今石碑已毁，张恨水所拍照片尚存。
③ 张怀群等：《丝绸之路上的世界遗产：泾川文化遗产录》，第103页。

仰的中心,道教、佛教、民间神祇都在山上建庙。据光绪七年(1881)成书的《共成善果册》图载,山上曾有西王母殿等祠庙 108 处,分布于山脚下、回屋、一天门、二天门、三天门、山顶、山南麓瑶池沟等处。依托这些祠庙兴起的西王母庙会每年三月二十日举行,届期泾川县本地及甘、陕、宁各地民众前来赶会,动辄数万人。据民国时期中学教师张文亭日记描述:每逢庙会,乡民上山拜神,山下唱大戏,学校也"照例放假",让学生参加庙会活动。① 庙会活动与口述神话故事一样,是西王母信仰的重要传承途径。

第二节 西王母神话新构

与很多神祇一样,泾川西王母信仰在 20 世纪 50 年代以后受到了新中国意识形态和文化政策的强烈抑制,庙宇坍圮乃至被人为拆除,历代石碑被毁殆尽,香火逐渐衰落,有关西王母的神话传说也被当作"四旧""封建迷信"而遭到批判。这种情况一直持续到70 年代后期。王项飞曾在泾川县调查西王母信仰,他对这段历史做过很好的概括:

> 王母宫的建筑几度兴废,但古老的信仰活动却年复一年地传承到了 20 世纪 50 年代。当地老一辈人提起这个话题时不无自豪地说,当年(1942 年)打仗,日本人轰炸兰州,飞机来回经过泾川县,大家照样在王母宫山上过庙会;四九年快要解

---

① 王建太、张怀群主编:《甘肃泾川与西王母文化》,北京:国际华文出版社 2001 年版,第 73 页。

放了,马步芳的部队驻扎在王母宫山下,天天枪炮声乱响,闹得人心惶惶的,但庙会还是热热闹闹地过,没受影响。从50年代后期开始,在强大的政治运动的压力下,集体性的民间信仰活动都被中止。直到70年代后期,民间一些自发性的信仰活动才得到恢复。①

在庙会恢复之前,对西王母的讲述仍潜滋暗长于民间社会,只是无法在公开场所宣扬,更不能把西王母神话当作本地特色的口头文学加以搜集整理。受抑制的文化并没有死亡,所承载的文化记忆也没有消失,而是以存储记忆的形式保存于图书馆、文物载体和民间口述之中。随着70年代后期文化政策的宽松,特别是80年代开展中国民间文学三套集成的工作,泾川县也对本地民间故事做了比较系统的调查整理,并印出了县卷本《泾川民间故事》,其中包含了8篇标题中有"西王母"的神话传说。当然,即使标题中没有"西王母",故事中也可能会有西王母出现,这样的神话传说远不止8篇。可见,西王母神话传说仍大量流传于泾川县城乡民众中间。这些神话传说,以西王母与周穆王、汉武帝的交往最为人所熟知,也最为人们所喜闻乐见。如《西王母与周穆王、汉武帝在泾川的传说》:

> 泾川是西王母的故乡,西周时候,周穆王西巡狩猎来到泾川,骑着八骏马来到泾川王母宫山南的瑶池里会见了西王母。美丽动人的西王母使周穆王震惊,人间的人再好,也没有天上

---

① 王项飞:《农业村落信仰民俗的文化结构和现代适应研究——以甘肃泾川西王母信仰为个案》,西北民族大学2006年硕士论文,第20—21页。

的神好。西王母拿出天宫的美酒设宴款待周穆王,一个是天上的女神,一个是人间的皇上,一时之间爱得离不开了。王母便与穆王对歌,王母唱道:"道里悠远,山川间之,将子无死,尚能复来。"……穆王唱道:"比及三年,将复而野。"说他三年之后,一定来这里。结果,穆王一去不能返,王母天天在瑶池里倚在窗边看着泾河川,等啊等啊,终究未能等来周穆王,听到的只是穆王悲哀的歌声。……

到了汉朝,汉武帝西巡,恰巧是七月初七之夜,汉武帝在泾川瑶池与王母相会。汉武帝不仅见到了天上的女神,还品尝了王母的仙桃,又欣赏天宫里的音乐。①

关于王母宫山的传说也有多篇,其中一篇既讲到了周穆王、汉武帝到此山拜会西王母,也讲到了宫山取名"回中山"的缘由:

周穆王在游历泾川时,在瑶池和王母宴会。周穆王对这山很爱,舍不得离开,临走时一再回头,因此叫回中山。②

西王母神话传说在民间流传已久,它们并没有因为20世纪50—70年代的政策禁锢而销声匿迹,而是仍旧在民众中间传播。在改革开放以后,文化政策逐渐宽松,各种西王母神话传说的讲述活动大面积复苏,遂成为泾川民间故事的重要品类。

事实上,随着民间西王母信仰活动的恢复,有关西王母显灵或

---

① 曹晓兰、张怀群主编:《中国民间故事集成·甘肃卷·泾川民间故事》,1991年印,第9—10页。
② 曹晓兰、张怀群主编:《中国民间故事集成·甘肃卷·泾川民间故事》,第78页。

有求必应的故事更加频繁地被编创和讲述。这种编创和讲述活动随着台湾西王母朝圣团的到来而进一步升温。90年代初,台湾西王母朝圣团先后考察了泰山王母池、天山天池和泾川回中山等地,最后他们以传世文献和现存碑刻为依据,认定泾川回中山是西王母信仰的发祥地,王母宫是西王母的祖庙。1992年8月24日,台湾三重市凤德玉宝殿30多名信众拜谒西王母,在回屋摩崖壁画前合影留念时,拍到西王母显灵圣像。此照片立即成为回中山西王母有灵性的见证,引起台湾西王母信众的极大热情。翌年同日,凤德玉宝殿信众将显灵圣像送到回屋安放,并为重建王母殿捐赠巨资。西王母显灵的传说在泾川不胫而走,引起当地人对西王母更多的朝拜。值得注意的是,台湾信众以农历七月十八日为瑶池金母生日,每届此期,台湾香客朝圣团蜂拥而至,到回屋、王母殿虔诚叩拜。为方便台湾同胞祭拜西王母,泾川县旅游部门也将此日定为西王母诞日,举行"秋季庙会"。泾川回中山在春季三月二十日传统庙会的基础上,又增加了一次秋季庙会。于是,每年一度的庙会,变成一年举行两次的西王母庙会。

就泾川民众而言,三月二十日的庙会是正会,前来朝拜的人十分集中。1994年春西王母大殿竣工,泾川县政府部门第一次介入庙会组织工作,三天庙会期间前来赶会的香客和游客超过十万人次。泾川民众长期存在把西王母当祖先的观念,平时无论遇到好事或歹事,都会念叨西王母之名以表达感激或祈祷。崇拜意识转化为叙述行为,表现为"一辈又一辈的老人向自己的子孙们讲述西王母的神奇故事和传说,叙述西王母的功德和业绩"[①]。这种叙述行为在每年庙会期间展现得最为集中,还愿活动就是这种叙述

---

① 柯杨:《甘肃泾川与西王母民俗文化》,《寻根》1999年第5期,第40页。

行为最典型的体现,或祈嗣得子,或求妻得偶,或治病有验,或升学如愿,或家室兴旺,或生意发财,每个还愿活动的背后都是一个或多个西王母灵验的故事。人们通过献祭表达感恩,把自身的生活现状与西王母的庇护紧密结合起来。叙述与信仰的结合形成神圣叙事,而神圣叙事恰好是西方传统神话学的核心概念。所以,把这些西王母显灵、灵验的故事界定为新神话,应该是可以接受的。

本地学者既是西王母神话的挖掘者、整理者,也是西王母神话的阐释者,从某种程度来说也是意义的发明者。在本地学者的阐释下,"古瑶池降西王母处"被解释为"古瑶池西王母降生之处"。来自各地的学者(包括台湾学者)也参与了对泾川西王母神话的意义发明,而这些发明总是被本地学者创造性发挥和利用,从而进一步深化对西王母形象和精神的阐释。张怀群主编的《泾川与西王母》①和《甘肃泾川与西王母文化——'99 泾川海内外西王母民俗文化(神话)学术研讨会文论集》②,除了介绍一些神话新说,也汇集了泾川本地和各地学者对西王母信仰、民俗、神话的新阐释。当地学者利用研讨会表达自己的观点,并实现泾川的文化诉求。在1999 年西王母民俗文化(神话)学术研讨会上,国际亚细亚民俗学会、中国民俗学会授予泾川县城"西王母文化名城"、泾川王母宫"中国民俗文化重点景区"的称号,强化了西王母在泾川的文化地位。2008 年泾川县申报的"西王母俗信"成功进入第二批国家级非物质文化遗产名录,这无疑又给本地学者挖掘西王母文化内涵

---

① 张怀群主编:《泾川与西王母》(会议论文集),兰州:兰州大学出版社 1997 年版。

② 王建太、张怀群主编:《甘肃泾川与西王母文化——'99 泾川海内外西王母民俗文化(神话)学术研讨会文论集》,北京:国际华文出版社 2001 年版。

增添了新的动力。在泾川西王母文化挖掘者和研究者当中,张怀群一直是最勤奋的一个。他除了编著之外,出版的专著还有《泾川与世界遗产:西王母圣地》《张怀群西王母文化研究文选》《圣地泾川·地望与人望》《圣地泾川·西王母祖祠圣地》《台湾-泾川西王母朝圣之旅20年》《梦幻西王母》等多部。这些著作收录了大量的西王母神话新说,也有作者的探索和阐发。张怀群在西王母身上阐发出了和平之美、长寿之美、母亲之美等多重内涵。①

这些阐发彰显了西王母神话在今天的积极意义。但是,发掘西王母的意义并没有止步于此,而是一直在推进之中。近两年就出现了西王母"长寿之母、和平之母、团圆之母、艺术之母、自然之母和东方美神"的美称,又把西王母定位为"华夏儿女共同的母亲"。② 这些见解最早见于新闻记者的报道,但记者归纳的是学者在研讨会上阐发的西王母的精神和意义。事实上,一次又一次的学术研讨都邀请了记者参加,政府官员参加的西王母公祭大典也邀请记者到现场做报道,新闻记者不觉之间也成为西王母文化的宣扬者。

最近二十多年泾川县依靠文献和文物两方面的优势,通过本地学者挖掘和邀请外地学者研讨等方式,把西王母打造成了一位能够代表全体华人生活理想的"华夏母亲"。在西王母的文化地位和精神内涵不断被拔高的同时,泾川县政府又筹划在回中山上打造一个中华道教文化体验区,准备建造一座88米高的西王母塑像。如果这座神像按计划完成,它将是泾川县的标志性建筑,西王

---

① 张怀群:《泾川西王母宫与西王母文化》,《光明日报》2011年4月6日,第14版。
② 李玉成、柳娜:《第二届华夏母亲·西王母公祭大典在泾川举行》,《平凉日报》2014年8月14日,第1版。

母记忆之场除文献、庙宇、碑刻、神话、仪式和民俗之外,又将出现一个更加直观和强大的符号元素。

第三节 西王母祭拜仪式的重建

上述西王母神话新构及其意义阐释,属于霍布斯鲍姆所说的"传统的发明"。依照霍氏的说法,在社会转型之际,传统的发明会出现得更为频繁;在传统发明的过程中,普遍的做法是"为了相当新近的目的而使用旧材料来建构一种新形式"①。当代中国社会处于急剧转型时期,传统的发明频繁进行。就泾川县的情况而言,利用"旧材料"发明西王母神话的目的是多重的,既是为了开发地方经济(如旅游开发),也是为了张扬地方文化个性,同时也服务于国家的宏大战略(如增进海峡两岸的交流)。从客观效果来看,这些被发明的传统也推进了西王母文化记忆的传承。

扬·阿斯曼认为,文化记忆有文本和仪式两种传承形式。他所说的文本,主要是各种宗教和文化经典,后人通过反复阐释、注解和阅读延续文化的一致性;仪式是指周期性举行的节日庆典,人们通过重复讲述和表演,延续文化的一致性。阿斯曼称前者为文本一致性,后者为仪式一致性。② 追究起来,一切文本的源头都在口头表述,但是文字文本一旦形成,就成为文献材料,

---

① [英] E. 霍布斯鲍姆、T. 兰格:《传统的发明》,顾杭、庞冠群译,南京:译林出版社 2004 年版,第 5—6 页。
② [德] 扬·阿斯曼:《文化记忆:早期高级文化中的文字、回忆和政治身份》,第 85—102 页。

它有自己的独特性,即能够存储文化信息并跨越时空而为后人所阅读和阐释,并反过来对口头表述起到一定的规范作用。当今泾川西王母神话蔚为大观,这得益于对秦汉文献的阐释,也得益于对唐代以来产生的西王母诗文和碑刻的张扬,当然,同时也依赖于民间不绝如缕的口头讲述活动。历史上产生的西王母文字文本在泾川存量甚大,即便进入新中国以后西王母信仰和口头讲述受到压抑,这些文本依然存在,并对西王母口承神话起到支持作用。改革开放以后,西王母信仰的恢复即以民间口述神话的公开化为先导。此时有关西王母的文献记载从存储记忆的潜伏状态向功能记忆的利用状态转化,一系列仪式的重建、发明和开发利用也由此展开。

西王母信仰仪式重现的标志性事件是王母宫庙会的重新举行。70年代末到80年代初,即便是在回中山只有破败的回屋,山顶没有庙或只有简陋小庙的情况下,民众仍然在三月二十日赶到回中山朝拜西王母。此日是民间认定的西王母诞辰,此日的庙会总能吸引众人参与。庙会有"抢头香"的习俗,信众认为庙会正日子的头一炷香最好,谁能烧得头香,王母就特别高兴,此人也能得到特别保佑,一年之内事事顺心如意。庙会期间信众所求,一般是求子、求寿、求财、求职、求妻、求医、求平安、求升学、求雨、驱蝗、寻人找物等。"求"的方式一般是许愿,敬献少许祭品或功德钱;如果所求得以如愿,翌年(或此后某年)则来还愿。还愿时所呈献的祭品要丰盛得多,有时还要请巫婆、阴阳先生陪同上山叩拜诵经。这些巫婆神汉是民间的仪式专家,他们在庙会期间还会受人请托为孩子"卸锁"诵经,为病人消灾治病;没有人请托时他们则会在路边摆摊,为人相面占卦。

泾川县境内有一百多座神庙,其中奉祀西王母的祠庙,除了回中山之外,全县还有 10 座。① 奉祀其他女神如九天圣母、宣(玄)天圣母、后土圣母等的祠庙全县共 87 座。这些女神都以西王母为主神,祠庙也依附于王母宫之下。这些祠庙在当代重建时,大都先从回中山取土奠放在香炉内,表示此庙已在王母宫登记,取得了接受香火的合法性。在西王母庙会期间,这些祠庙会派出本庙香客举着"庆祝王母娘娘寿诞"之类的旗幡到回中山王母宫朝拜,念诵《王母消劫救世真经》。有些祠庙的香客还会请秦剧团到回中山前演戏,个别还愿香客也会请戏班子演戏,因此经常出现多个戏台同时搭建、同时演出的情形。演戏一般从上午 10 点开始,上午、下午、晚上各一场,晚上要演到 10 点左右才结束。所演有《瑶池会》《麻姑献寿》《八仙献寿》等开场戏,还有《刘全金瓜》《三滴血》《赤壁战》等流行戏目。演出第一场戏之前,化妆成天官、麻姑、八仙、福禄寿三星的演员须先到回屋,向西王母奠酒祝寿,然后才鸣锣开场。演戏是庙会期间一种重要的娱神、酬神的仪式,娱人反而是其次要功能。

进入 90 年代以后,台湾西王母朝拜团不断前来祭拜祖庙,因而把农历七月十八日这个王母生日带到泾川,在此基础上形成了"秋季庙会"。在 2000 年之前的十年,秋季虽有大量台湾香客前来泾川祭拜,但秋季庙会尚未形成,也没有任何文字记载。2000 年之后,由于政府部门重视台湾香客朝拜活动,秋季庙会被正式设立。为了服务于台湾香客的祭拜活动,回中山的道教仪式也得到恢复。实际上,这种"恢复"就是一种新建,因为历史上回中山佛道二教和民间祠庙交错,曾经存在过什么样的宗教法会或道教科仪,因文字阙如,已经不得而知了。现在新建的道教仪式,是从周边大

---

① 张学俊:《泾川女神》,甘肃泾川西王母民俗学会 2014 年印,第 11—27 页。

的道观引进来的。庙会主办方泾川县旅游局一般从平凉崆峒山、兰州白云观、西安八仙庵或周至县楼观台等宫观邀请道士前来举办法会。三月的道教法会在三月十八、十九、二十日连续举行三天;七月也举行三天,时间为七月十七、十八、十九日。法会的程序历年基本相同,以 2005 年的秋季庙会为例,该次庙会邀请到崆峒山道士前来主持法会,活动安排如下:

七月十七日	上午	6:00—9:00	开坛,请水,安水
		9:00—11:00	荡污,上供
		11:00—12:00	上净厨牒
	下午	14:30—18:30	扬幡,请神,上供
		18:30—20:30	摄召,安灵,上供祝寿
七月十八日	上午	6:00—9:30	早课,上天地诸将疏文
		9:30—11:30	上供庆贺,午课
	下午	14:30—18:00	上供调庙
		18:30—20:00	晚课,祭祀
七月十九日	上午	6:00—9:30	早课,朝幡,转天尊,拜玉皇,三元午朝
	下午	14:00—18:00	落幡,宣榜,搭台,上城隍救苦疏,施食
		18:00—21:00	放焰口

请水(又叫"采水")仪式是王母宫独特的活动项目,在瑶池夜月亭前举行。八位道士手持法器,从王母宫出发,下山前往瑶池,一路上信众打着旗幡开道。到达夜月亭之后,道士鼓乐念经并唱诵,选定的两位采水人(男女各一)将瑶池水灌入瓶内,然后抱瓶走

在队伍最前面,返回王母宫,再举行安水仪式。请水、安水都是为凸显瑶池水的宗教功能而新发明出来的仪式,历史上无此记载。按照张怀群的理解:瑶池水纯净圣洁,自古盛名,饮用瑶池水可包医百病、消灾解厄、长生不老。① 也许正因如此,在王母宫举行完安水仪式之后,很多信众争相饮用"圣水"。

由于七月中旬正是道教中元节(佛教盂兰盆会)期间,所以法会的最后一天有宣榜、上城隍救苦疏、施食、放焰口等项目。这其实是把中元节赈济孤魂野鬼的活动移植到西王母清醮法会中来。三月的法会没有这方面的内容。

回中山的西王母祭拜仪式包含了一系列的新发明。譬如,2008年3月,台湾中华道教文化团体联合总会组成迎驾团,迎接回中山的西王母、瑶池金母、东王公三尊神像金身到台湾绕境巡安。这样的宗教仪式在回中山西王母信仰的历史上也是前所未有的。

官方主持的西王母"华夏母亲"寿诞庆典,也是新发明的祭拜仪式。在该仪式的发明过程中,本地学者和受邀前来参加历届研讨会的各地专家都起到了推动作用。从1999年泾川举办"海内外西王母民俗文化(神话)学术研讨会"开始,泾川县政府一直都是西王母学术研讨会的主办方之一,而且是主要出资方。可以说在泾川举行的历届研讨会,包括2005年、2009年两届"海峡两岸西王母论坛",都是由县政府出资,其他主办方只派专家参加。本地学者从某种程度上来说就是此类研讨会的真正发起人和主题确定人。特选的受邀外地专家都比较尊重本地学者的意见,并且愿意

---

① 张怀群:《圣地泾川·西王母祖祠圣地》,兰州:甘肃文化出版社2009年版,第271页。

发表有利于当地文化建设的观点。这些观点很快就被本地学者充分宣扬,并以"著名学者意见"的名义推动本地政府重建或发明相关仪式。特别是"西王母俗信"进入国家"非遗"名录之后,泾川县对西王母文化的重视也达到了前所未有的高度,政府主要官员经常出现在研讨会或庙会祭典的开幕式上。比如,2013年6月泾川县政府联合中国非物质文化遗产推广中心、中国俗文学学会等学术团体主办了"新世纪的西王母——西王母、女性文化、华夏母亲节研讨会",泾川县县长在会上提出将农历七月十八日西王母诞辰设定为"华夏母亲节"。与会专家都对这个提议表示赞同。① 在此基础上,2013年8月举行的"第五届海峡两岸西王母论坛"更名为"两岸西王母(华夏母亲)女性文化研讨会"。学术会议的名目更大,规格也更高,主办方也变成了甘肃省台办、省妇联和平凉市政府,泾川县政府仅是承办单位。研讨会开幕的当天上午,在回中山王母宫前举行了华夏母亲西王母公祭大典,平凉市政协主席主持公祭大典,平凉市长恭读祭文,参加研讨会的学者共同参加。接下来两年,虽然仍是由平凉市政协主席主持公祭,平凉市长读祭文,但参加公祭的甘肃省和中央部委的官员逐年增多。西王母公祭大典成为泾川县内举行的最高规格、最隆重的文化仪式。

　　回中山一年两次庙会,民间祭拜仪式、道教法会和官方举行的开幕式或公祭大典虽有交织互动,但所遵循的规则各不相同,三者基本上是各行其是。民间祭拜仪式属于自发而稳定的、周而复始的文化传承;道教法会是官方组织、道教传统、地方特色三方面的结合,如要形成固定醮会科仪尚需引入更多专业道士并实现宫观

---

① 舒晋瑜:《学者泾川探讨"华夏母亲节"》,《中华读书报》2013年7月17日,第1版。

管理的宗教化；官方组织的西王母公祭大典是在参照其他地方诸如黄帝、炎帝公祭大典的基础上创建的仪式，由于它是纳入政府工作计划的事务，其延续性和稳定性还有待观察。

追溯回中山三种祭拜仪式的源头可以发现，有关西王母的历史文献和民间讲述的存储记忆是根基，当今西王母显灵、灵验的新神话是现实依据，传统信仰的恢复和巩固、仪式的重建和创造、意义的阐释和发明等可以称之为功能记忆的东西，都是在传统的以及新造的西王母神话基础上展开的。西王母神话是泾川各项西王母文化的基础。

泾川西王母神话从遗忘到复活，从被批判到被宣扬，从负面文化资产转化为珍贵文化资源，既是当今政治、经济、社会发展的需要，也是当代民族文化复兴的必然结果。西王母神话、信仰和仪式的发明和重建，有效延续了当地的西王母记忆。当然，这些建构成果的文化影响力有多大，西王母的华夏母亲地位在多大程度上能为海内外华人所接受，尚需在未来接受检验。

（笔者 2014 年 7 月在泾川县调查期间及本文写作期间，都得到了泾川县博物馆馆长魏海峰先生的帮助，特此致谢！）

第三章
黄道婆传说的当代建构及社会记忆转型

黄道婆是宋元之际上海地区出现的一位纺织能手。作为一位民间妇女，正史文献对她没有任何记载。她的生平事迹最早见载于元末陶宗仪《辍耕录》和王逢《梧溪集》，从中可知，黄道婆年轻时沦落崖州（海南岛），老年归来，将纺棉技艺传给乌泥泾妇女；她去世后，人们为她举行了公葬，并立祠祭祀。随着棉纺业的蓬勃发展，松江府获得了"衣被天下"的声誉，黄道婆也被当作行业神来崇拜，被称作"先棉""黄母""黄娘娘"。黄母祠碑刻、松江府各县乡镇方志、文人竹枝词等都曾描述人们感恩和祭拜黄道婆的情形，但很少叙述黄道婆的生平事迹。黄道婆是因为上海地区棉纺织业繁荣而被崇拜的行业神，而不是凭借丰富传说被铭记的女神。但是，从近代开始，在时代精神的熏染下，黄道婆在被"祛魅"的同时，也逐渐被描绘成纺织女工、技术革新家、科学家、童养媳、民族文化交流使者等多重形象。国家意识不断被注入到黄道婆身上，她的故事不断被演绎，形象也不断被重构，于是，人们对黄道婆的记忆发生了巨大转变。有意思的是，在史料缺乏的情况下，当代对黄道婆形象的重构都是以"新发现的"民间传说为依托展开的。20世纪50年代以后上海编创出了多篇黄道婆传说，80年代以来海南多地也同样"发现"了多篇黄道婆传说。编创民间传说成为文化生产的方式,也是打造新的社会记忆的手段。介入其中的不仅有地方文化干部,也有专业研究人员,其中不乏知名学者。当然,国家政策和地方政府决策在背后起到了推动作用。本章拟通过对黄道婆传说、祭祀仪式和纪念活动的梳理,尤其是对当代黄道婆传说再建构过程的讨论,分析黄道婆记忆的转型过程,揭示转型背后各种力量起到的作用。

第一节 古代黄道婆的传说与祭祀

元朝初年,黄道婆作为棉纺织能手返归故里,推动松江府(特别是乌泥泾镇)由水稻生产向棉花种植的转型,并促进了家庭棉纺业的发展,使这个相对贫穷的地方变成了"衣被天下"的富庶地区。她也因而获得很高的声望。黄道婆去世后,当地人把经济转型的成功归功于她,祭祀她,同时产生了关于她的传说。在祭仪和传说中,"一个纺织专家成了一个女恩人"①。《辍耕录》卷二十四对这一过程做了最早的记载:

  闽广多种木棉,纺绩为布,名曰吉贝。松江府东去五十里许,曰乌泥泾,其地土田硗瘠,民食不给,因谋树艺,以资生业。遂觅种于彼。初无踏车、椎弓之制,率用手剖去子。线弦竹弧置按间,振掉成剂,厥功甚艰。国初时,有一妪名黄道婆者,自

---

① [德]库恩:《关于黄道婆(13世纪)的传说——从纺织专家到种艺英雄》,胡萍译,《农业考古》1992年第3期,第123页。

崖州来，乃教以做造捍弹纺织之具。至于错纱配色，综线挈花，各有其法。以故织成被褥带帨，其上折枝团凤，棋局字样，粲然若写。人既受教，竞相作为，转货他郡，家既就殷。未几，妪卒，莫不感恩洒泣而共葬之。又为立祠，岁时享之。越三十年，祠毁，乡人赵愚轩重立。今祠复毁，无人为之创建。道婆之名，日渐泯灭无闻矣！①

陶宗仪这段文字是在黄道婆祠第二次毁坏之后写下的，主要介绍黄道婆从崖州返回乌泥泾后，教人们改进纺织工具、提高纺织技艺以及人民因而致富等功绩，并介绍了当地百姓因感激而祭祀她的情况。黄道婆死后，人们为她修筑坟墓，建造祠堂，仅乌泥泾镇一带对黄道婆祠有记载的重建、改建就有十多次②，未见记载的修葺次数可能更多。对黄道婆的祭祀符合《礼记·祭法》"法施于民则祀之"的原则，是民间社会的自发行为。当地士绅是建庙、修庙的组织者，而文人士大夫则是这些事件的记录者，同时也是意义的阐释者。陶氏在文末感伤祠毁无人重建，黄道婆之名可能会泯灭无闻，反映了文人士大夫对有恩于乡里的黄道婆将被遗忘的惋惜，字里行间蕴含着一种必须铭记恩人的情感。

这种情感也存在于乡绅之间。乌泥泾人张守中在自己祖坟地南隙地重建黄道婆祠，延续其香火，请王逢写诗以纪其事。有人认为，张守中重建黄道婆祠及王逢作诗很可能受到《辍耕录》中黄道

---

① 陶宗仪：《南村辍耕录》，北京：中华书局 1959 年版，第 297 页。
② 秦弓：《乌泥泾黄道婆祠沿革》，张渊、王孝俭主编：《黄道婆研究》，上海：上海社会科学院出版社 1994 年版，第 318—319 页；李家麟：《关于黄道婆民间信仰及保护的调查与思考》，陈澄泉、宋浩杰主编：《被更乌泾名天下——黄道婆文化国际研讨会论文集》，上海：上海古籍出版社 2007 年版，第 433—434 页。

婆祠毁无人为之创建那段文字的影响。① 不过,从内容上看,王逢诗序也提供了《辍耕录》所没有的资料。该诗序云:

> 黄道婆,松之乌泾人。少沦落厓(崖)州,元贞间,始遇海舶以归。躬纺木绵(棉)花,织厓(崖)州被自给。教他姓妇,不少倦。未几,被更乌泾名天下,仰食者千余家。及卒,乡长者赵如珪,为立祠香火庵,后兵毁。至正壬寅,张君守中迁祠于其祖都水公神道南隙地,俾复祀享。且征逢诗,传将来。②

黄道婆元贞年间(1295—1296)返回乌泥泾,大约死于公元1300年前后。《辍耕录》中重建祠庙的赵愚轩,应该就是王逢诗序中提到的赵如珪,名、字不同而已。赵如珪重建之祠被毁后,陶宗仪感慨无人创建,然后就有张守中重建之事。张守中重建黄道婆祠在至正壬寅年(1362),诗序也应写于此年。此时,乌泥泾因种棉、纺棉让众多家庭受益,松江府及其周边州县逐渐发生了经济转型,即由原来的水稻生产为主转变为棉花生产、加工为主③,有学者把这种转型称作"棉花革命"④。这种经济转型被归功于黄道婆,所以祭祀黄道婆表达的是一种感戴恩人的社会情感。

---

① 秦弓:《黄道婆事迹的最早记录者陶宗仪》,见张渊、王孝俭主编:《黄道婆研究》,第198页。
② 王逢:《梧溪集》,载《文渊阁四库全书》第1218册,台湾:台湾商务印书馆1986年影印,第655页。
③ 对于元明时期松江府家庭棉纺业的繁荣景象,正德《松江府志·风俗志》载:"俗务纺织,不止乡落,虽城中亦然。里媪晨抱纱入市,易木棉以归,明日复抱纱以出,无顷刻闲。织者率日成一匹,有通宵不寐者。田家收获,输官、偿息外,未卒岁,室庐已空,其衣食全赖此。"
④ [美]黄宗智:《长江三角洲小农家庭与乡村发展》,北京:中华书局1992年版,第106—109页。

谁顺应了这种社会情感为黄道婆建祠,他也会得到众人的感激和铭记。张守中显然懂得这个道理,所以他在祖坟地南侧重建黄道婆祠时,请王逢写诗以"传将来",要为自己扬名后世。王逢诗序简要介绍了黄道婆生前教民纺织的功绩和黄道婆祠的沿革;诗中"张君慨然继绝祀"句,赞扬张守中为黄道婆重新建祠的义举。

中国古代种桑养蚕以嫘祖(西陵氏)为"先蚕",比照于此,松江民众把黄道婆称作"先棉",还把她比作慈母,称她为"黄母"。明末张所望《移建黄道婆祠记》云:"盖衣食之原(源),妪实开之,等于育我,而以母道事之,谁曰不然!"①随着棉纺经济区的扩大,乌泥泾以外,乃至松江府以外的其他地方也陆续建起黄道婆祠、先棉祠、黄母祠,前后总计有16所之多②。其中道光五年(1825)应漕运船工之请而在上海县城厢的半段泾李氏吾园旁边建造的黄道婆祠,是为了方便上海知县祭祀先棉神而新建的专祠。包世臣在《新建黄道婆专祠碑记》中叙述了发起建祠的经过,抒发了沪上民众对黄道婆的感恩之情。碑记云:"沙船之集上海,实缘布市;海壖产布,厥本黄婆;饮水思源,不仅生养吾民已也!……夫以棉布之利百蚕丝,而无主祀之神,异日佚及无文。举先棉之祀,舍黄婆其谁与归?"③可见,最迟到清代中期,上海知县已经以先棉神之礼祭祀黄道婆。因此祠所祀女神为二十岁左右女子貌,与黄道婆不类,有人

---

① 应宝时、俞樾修撰:《同治上海县志》,(台湾)成文出版公司1975年影印,第723页。
② 杨嘉祐:《棉纺故乡与黄道婆》,吴贵芳主编:《上海风物志》,上海:上海文化出版社1982年版,第169—170页;李家麟:《关于黄道婆民间信仰及保护的调查与思考》,陈澄泉、宋浩杰主编:《被更乌泾名天下——黄道婆文化国际研讨会论文集》,第434—435页。
③ 上海博物馆图书资料室编:《上海碑刻资料选辑》,上海:上海人民出版社1980年版,第45页。

把她误作织女。① 织女一向以纺织技艺高超著称,民间七月七日乞巧节,即向织女祈求纺织巧手,而祭拜黄道婆也有祈求织布巧手的目的,二者异中有同。《同治上海县志》卷十"祠庙",把黄道婆祠列入"秩祀"。所谓"秩祀",就是官府派人参加、依礼分等级举行的祭祀,不同于只有民众参加的"私祀"。上海知县来此祠祭祀黄道婆是官方的制度化安排,它标志着黄道婆之祀已由民间私祀上升到官祀。地方官府的认可,使民众对黄道婆的祭拜合法化,并让黄道婆先棉神的地位更加稳固。

清代还以四月初六为黄道婆诞辰,每值此日前后,妇女云集祠内,演剧酬神,香火鼎盛。② 松江府及周边府县因种棉纺织而富足,种棉纺织主要依赖女子。"女子七八岁以上,即能纺絮;十二三岁,即能织布,一日之经营尽足以供一人之用度而有余。"③纺织不再是一般意义上的"女红",而是谋生的主要门径。纺织技艺提高不仅是熟能生巧的过程,还需要禀赋聪明,身手敏捷,这不是人人都具备的。学习纺织的女子到庙里祭拜黄道婆,祈求心灵手巧,成为一种风俗。褚华《木棉谱》载:"(上海)城中

---

① 张春华《沪城岁事衢歌》第32首下小注云:"(黄道婆祠)在邑城梅溪弄者,相传为黄姑庵,奉织女星。《泽国记闻》云,所奉乃少年女子,非道婆也。"王韬《瀛壖杂志》卷二亦云:"今在县署西南梅溪弄者,盖其别祠,顾或谓黄姑庵系祀织女。……然则先棉与黄姑,当别为二矣。"

② 毛祥麟《墨余录》载:"每岁四月,值道婆诞辰,酬神演剧,妇女云集。"金应珏《上海城内黄道婆别祠记》亦载:"凡邑中力于纺织者,常年四月中为黄道婆诞辰,相率报赛。"清末秦荣光《上海县竹枝词·祠庙》有诗云:"乌泥泾庙祀黄婆,标布三林出数多。衣食我民真众母,千秋报赛奏弦歌。"清末上海布业公所每年四月六日都会在豫园得月楼纪念黄道婆诞辰。

③ 尹会一:《敬陈农桑四务疏》,载《魏源全集》第15册,《皇朝经世文编》卷三十六,长沙:岳麓书社2004年版,第102页。上海还流传一首歌谣《三岁媳妇学织布》:"三岁媳妇学织布,一只梭子掷勿过。闲人问你阿要做,要吃羹饭没奈何。"(《中国民间文学集成上海卷·南市区歌谣谚语分卷》,南市区民间文学集成编委会1989年编印,第90页)可知过去上海女孩学织布,可能从童年时期就开始了。

渡鹤楼西北小巷内亦立庙祀之。邑之女红，岁时群往拜礼，呼之曰黄娘娘。"①蒯世勋《华泾访古记》亦载："以前，女子学纺织，如果生性不甚灵敏，学不好，那么便到道婆神位前去叩拜请教的。"②《龙华志·杂记》载："农历四月初六日是黄道婆生日，远近农户都到黄道婆祠烧香祈祷，祈求黄道婆保佑其所织的布能多卖钱，小姑娘则祈求很快学会纺纱织布，织得又快又好。"③祭拜黄娘娘的目的，不外乎希望能像黄娘娘一样拥有高超的纺织技艺，让黄娘娘保佑自己种棉、纺纱、织布、卖布一切顺利。所以，清代上海地区无论城里乡下，无论少女老妇，都会祭拜黄道婆。

　　传统上对黄道婆的记忆，都建立在感恩的基础上，以她为先棉神、纺织神，并由此演化出以她为恩泽无量的黄母。启功先生1991年为黄道婆祠题写楹联"纬地经天棉植见慈恩一方衣被，梯山航海机声垂教泽千载馨香"，紧扣上海人对黄道婆的传统记忆，未受当代新出传说的影响。然而，对黄道婆的记忆方式在近现代破除迷信、倡导科学的话语环境下逐渐转变。

第二节　近现代黄道婆记忆方式的转变

　　从清朝末期开始，中国文化开始了以接受西方科学技术和政治制度为标志的近代化转型。由于近代中国在跟西方列强接触的过程中遭受一系列屈辱和失败，知识分子认识到中国在很多方面

---

① 褚华：《木棉谱》，上海：上海通社1935年编，第12页。
② 蒯世勋：《华泾访古记》，上海通社编：《上海研究资料续集》，上海：上海书店1984年版，第56页。
③ 上海县龙华乡乡志编写组：《龙华志》，1985年印，第173页。

落后于欧美,中国必须学习西方的科学技术、政治制度乃至宗教民俗。学习西方文化的理念逐渐成为中国近代的社会思潮。可是,中西文化有很大差异,在学习西方的过程中,如何对待中国传统文化?这成为一个充满争议的问题。本章无意梳理那段历史,但无法回避的一个事实是:明清时期西方传教士就把中国的宗教民俗称作"迷信"。此时,提倡学习西方的大部分知识精英接受了这样的说法,把中国很多宗教民俗都划入了迷信的范围,同时在中国传统文化中寻找符合科学、文明、民主的成分。"我们必须在中华传统文明中找到符合'现代性'标准的因子,这是近代中国人的精神焦虑所在。"①人们试图挖掘黄道婆身上符合科学思想的因素,把她言说成一位通过种棉、纺棉改善民生的文化英雄。在祭祀被视作迷信的背景下,对黄道婆的官方祭祀已不再具有合法性,于是对文化英雄黄道婆的记忆方式,由过去的"感恩—祭祀"转变为近现代的"感恩—纪念"。

上海豫园得月楼是清代上海布业公所的主要活动场所。光绪二十年(1894)重建的得月楼,一楼正厅取名"绮藻堂"。古代把有花纹的丝织品称作"绮",把彩色丝带称作"藻",绮藻堂之名表明,布商们把上海所产花布、布带与古代丝绸相媲美。光绪二十三年(1897)四月六日,上海布商为黄道婆庆祝生日,在绮藻堂挂上了一副对联:"姆教千秋,惠我生涯权子母;婆心一片,得兹秘授说丁娘。"对联中的"丁娘"是清初松江府一位擅长纺织的妇女,丁娘布曾受到广泛赞誉。这副对联表达了人们视黄道婆为慈母、永远铭记她的恩德的意愿。

清末拆庙建学之风盛行。光绪三十一年(1905)龙门师范在

---

① 孙绍先:《"黄道婆"叙事的国家策略》,《天涯》2011年第6期,第53页。

扩建校舍时,把1825年兴建的先棉祠头门、戏楼及东西看楼拆毁。先棉祠仅剩大殿,外侧绕建院墙,门前仍题额"先棉祠"①。后来,龙门师范改名江苏省上海中学。1933年,上海中学择地重建,原校址(包括原所占先棉祠地面)转卖他人。当时上海农会提出异议,认为先棉祠是上海农业的纪念性建筑,不宜废弃。时任上海中学校长郑通和答应,在新校舍中以"先棉"命名一栋建筑,用以纪念黄道婆。上海中学内三层高的"先棉堂"即由此而来。② 同时,上海市政府还将先棉祠门前街道定名为先棉祠街,以志纪念。

编写教科书也成为纪念黄道婆的一种方式。光绪三十三年(1907),李维清编撰的乡土教育课本《上海乡土志》,其第五十四课介绍黄道婆。文曰:

> 黄道婆者,元时崖州人,自广东至本邑,教邑人以纺织之法。可知制造棉布,实发起于本邑也。夫棉花之种,出于西蕃,南朝梁时,江南已多木棉,则由来已久,非始于元时矣。惟自黄道婆入吾邑,而纺织之法遂精,厥后各处仿效,而棉布乃衣被天下,可知道婆有功德于民,故立庙祀之,亦报本反始之意也。③

把流落到崖州的黄道婆说成崖州人,其中的误读是显而易见的。此误读在清初即已出现,钱大昕《潜研堂诗集》卷一有"崖州老母",已有将黄道婆当作崖州人的倾向。清末俞正燮《癸巳类稿》卷

---

① 蒯世勋:《华泾访古记》,上海:上海通社编:《上海研究资料续集》,第56页。
② 陆人骥:《先棉堂掌故》,张渊、王孝俭主编:《黄道婆研究》,第323页。
③ 李维清:《上海乡土志》,上海:上海古籍出版社1989年版,第80页。

十四有"崖州黄道婆来",误读更为明显。不过,课文虽叙述了民众"立庙祀之"之事,但强调的是黄道婆"教邑人以纺织之法",达到的效果是让上海子弟记住黄道婆的功德。通过编写课文纪念黄道婆,李维清首开其例。

民国时期魏冰心等编修的小学《国语读本》,用白话诗的形式介绍黄道婆的事迹。这篇标题为《黄道婆》的课文如下:

> 棉花本是印度产,中国唐代始发见(现),因为交通不便利,最初只种闽粤间。元代有个黄道婆,生长江南黄浦边。听得棉花用处大,长途跋涉到福建。果然见到棉花朵,弹成棉絮轻且软。道婆救世心肠热,带回种子大宣传。不久江浙平原地,农家处处学种棉。一人传十十传百,从此都有棉衣穿。毕竟道婆功不小,后人怎可不纪念!①

这篇课文中有几处明显的错误。不过,此课文在1937年第一次编入小学《国语》课本时,错误更多,如第一句原是"木棉原产在闽广",弄错了棉花的原产地;后面又说这种木棉"干高十丈","花如山茶子子絮,颜色黄褐轻且软",所结的棉絮不能织布,只能做成褥垫,显然把南方的木棉树与棉花(古代文献都称木棉)弄混淆了。魏冰心在编入《国语读本》时做了改写和订正,但仍然说黄道婆长途跋涉到福建(而非崖州),且说她带回了棉花种子。其实,黄道婆回到乌泥泾之前,江浙地区已经开始种棉,无需由她带回棉种。按照《辍耕录》记载,黄道婆的贡献在于

---

① 魏冰心等编:《世界书局国语读本》,上海:上海科学技术文献出版社2005年版,第192页。

提高纺织技艺和改进棉纺工具,而非带回棉种。关于黄道婆流落崖州的原因,胡道静曾推测:黄道婆的青年时代,正是南宋王朝受到元军大举进攻的时候。宋军节节向南方败退,皇帝带着重臣南迁,百姓们也有跟着逃难的。① 他认为黄道婆有可能是随众人逃难到崖州的。但是,魏冰心编《国语读本》却说她"听说棉花用处大",主动长途跋涉前往福建寻找棉花,带回种子并大加宣传,从而在江浙地区普及种棉。这样的描写不仅拔高了黄道婆的思想觉悟,还把江浙种棉之功全归在她名下。黄道婆被描写成不畏劳苦、积极救世的巾帼英雄。这是前所未有的精神境界。课文最后说"毕竟道婆功不小,后人怎可不纪念",把感恩方式落实在纪念,而非以前的祭祀。

在黄道婆传说首次被编入《国语》课本前的一年(1936),上海通志馆的徐蔚南、胡怀琛等一行七人曾对华泾(原乌泥泾)地区做了一次访古调查。这次访古产生的诗文陆续见诸报端,可能对黄道婆事迹编入《国语》课本起到了一定的推动作用。在这次访古行动中,通过当地知情人士的指点,他们一行人在宁国寺东北的一片蒿莱中找到一座荒冢,据说它就是黄道婆墓。徐蔚南先生对着荒冢大发感慨。胡怀琛先生《黄婆墓遗址》诗云:"黄婆墓已荒,棉田空夕阳;遗爱在人心,墓废亦何妨。"②黄道婆墓已经荒芜,但是棉田依旧,黄道婆的恩德仍然被人们铭记,墓荒庙毁又有何妨?诗中用棉田见证黄道婆的功绩,赞美她的恩德,表达人们对她的感恩之情。

---

① 胡道静:《黄道婆的时代和遭遇探索》,张渊、王孝俭主编:《黄道婆研究》,第2页。

② 蒯世勋:《华泾访古记》,上海:上海通社编:《上海研究资料续集》,第57页。

民国时期已经把黄道婆称作"改良上海纺织工具的人"①,这种说法曾受到质疑。王重民认为,黄道婆可能是由"纺婆"讹传为"道婆"的传说人物。他说:"松人因种植木棉,纺花织被,以致殷富,在追德报功心理中,而'纺婆'变为'道婆',因得地方之祠祝矣。"他认为:因崖州很早就产木棉,又有黄道婆流落崖州或自崖州来的传说,由此在种棉的松江就演绎出她从崖州带回木棉种子的故事。王重民引用《元史·世祖本纪》的相关记载指出:"黄道婆未返松以前,木棉已遍植浙、闽、赣、粤、江东(指苏松),并设官课税,若当时乌泥泾尚无木棉,得其子甚易,固不必南走琼崖也。"他还引用熊磵谷《木棉歌》,说明加工棉花的捍、弹、碾、纺等工具,也早在黄道婆前即已有之,以证明黄道婆是松江(乌泥泾)人比附"先蚕"而创造的"先棉",是一个传说人物。② 应该说,王重民对黄道婆的研究是很理性的,也是有学术价值的。但是,在家庭种棉、纺棉及棉纺工业蓬勃发展的上海,人们仍把棉纺诸事归功于黄道婆,对她秉持感恩之心,因而不愿接受这样的质疑,这篇文章也没有受到应有的重视。

上海人民仍然感恩于黄道婆,只是随着时代的变化,感恩方式由焚香献祭,转变为建纪念堂、给道路命名、编写课文等多种形式。应该说,这种记忆方式的变化在其他历史人物(如岳飞③、文天祥)身上也在发生。悄然之间,黄道婆由先棉神转变成为文化英雄。清末民国期间的这种转变,为当代进一步建构

---

① 蒯世勋:《华泾访古记》,上海:上海通社编:《上海研究资料续集》,第53页。
② 王重民:《辨黄道婆》,载上海《大公报》1947年7月30日之"文史周刊"。
③ 杭州岳王庙在民国时期已开始向纪念馆转变。1979年恢复开放的岳王庙,按照胡乔木"变偶像崇拜为科学纪念","岳庙应成为岳飞纪念馆"的要求,从宗教祠庙彻底转变为文物单位。参见陈文锦:《杭州岳庙文物保护工作的回顾与展望》,《岳飞研究》第3辑,北京:中华书局1992年版,第283页。

黄道婆形象打下了基础。

第三节 当代黄道婆传说的建构

  1949年以后的新中国带来了焕然一新的意识形态和政治主张,在提倡科学、民主的同时,反对阶级压迫和阶级剥削,强调工人阶级领导一切,通过阶级斗争解放劳苦大众。在民族政策上,新中国主张各民族平等和团结,反对地方民族主义和大汉族主义。同时,新中国还宣传男女平等,反对压迫和歧视女性。这些新政策、新思想都成为讲述黄道婆故事、重构黄道婆形象的新动力。

  在以阶级斗争为纲的话语环境中,对一个人的阶级成分划分很重要。本来没必要对历史人物做阶级成分判断,特别是像黄道婆这样历史记载贫乏的人物,很难做出阶级成分的划分。但是,如果要利用黄道婆达到某种宣传效果,就不能不对她的阶级成分做出判断。从另一方面来说,有限的历史记载留下了巨大的解读空间。黄道婆从种棉、纺棉的农妇转而被解读为纺织女工,再进一步解读为传播先进纺织技术的革新家,因为文献缺乏就不会遭受任何阻力。1954年《新闻日报》刊出了标题为《纺织女工黄道婆》的文章,文中写道:

>   上海的纺织手工业是在什么时候开始的,是谁把当时较为先进的纺织技术带给了上海人民的呢?……六百五十年前,一位纺织女工黄道婆,她自海南岛学得了纺织技术,带回了上海乌泥泾——她的家乡,并把纺纱、织布及制造工具等全

套技术教给了他们的乡亲们……①

此文把黄道婆解读为一位纺织女工的同时,也把她描绘成传播先进纺织技术的革新家,以此证明中国工人阶级具有追求革新和进步的传统。工人阶级通过黄道婆发现了自己的光荣历史和勇于创造的精神。

黄道婆在海南岛向谁学习纺织技艺呢？1954年中央民族学院教师冯家昇发表文章,首提黄道婆向黎族学纺织,称黄道婆"从当地黎人学会运用制棉工具的技能,织崖州被的方法"②。对于这个观点,冯氏没有给出任何证据,也没有说明观点来源。从冯家昇文章开头和结尾都强调少数民族对我国种棉、制棉的伟大贡献来看,作为汉族妇女的黄道婆向黎族人民学艺是一种符合民族政策导向的逻辑推论。当时的文章大都是观点正确比论据可靠更重要,向黎族人民学艺的观点是正确的,所以论据上的疵瑕或缺失都可以被原谅。有意思的是,填补论据缺失的途径,是后来"新发现的"民间传说。新创的学术观点被随后新出的各种民间传说"印证",然后经过反复引用,最后竟成为一种公共知识。③ 50年代对

---

① 林秀:《纺织工人黄道婆——上海风土散记》,《新闻日报》1954年12月1日。
② 冯家昇:《我国纺织家黄道婆对于棉织业的伟大贡献》,《历史教学》1954年第4期,第20页。
③ 对于"黄道婆向黎人学艺"的观点,黎兴汤曾概述其影响:自冯家昇此文以后,有关黄道婆的论文、教科书、辞书、传记、传说等,三十多年来互相沿袭,似乎成了历史的真实。黎氏认为,宋元崖州并非尽为黎人居住的黎峒,相反,汉人经过一千多年的迁入,在这里已经"久假而客反为主",占据了沿海平原的州郡。黄道婆应是生活在迁入崖州的闽广汉族移民中间,并向他们学艺,而非向黎人学艺。(黎兴汤:《黄道婆研究》,第86—95页)梁敏曾调查过海南岛的黎族,他认为黎族纺织工具简单原始,与江南使用的木架式织布机完全不是一回事,纺织方法也不一样,黄道婆不可能向黎族学艺,而应是向临高人学艺。(梁敏:《黄道婆究竟向谁学艺?》,《民族研究》1990年第3期,第23—26页)尽管他们都举出了强有力的反证,但是近年学者们仍在重复黄道婆向黎人学艺的说法,中小学课文也是如此。

黄道婆的知识生产,在随后的二十多年里一直被沿用,乃至于学术著作也作如是说。譬如,80年代末唐振常在《上海史》中写道:"黄道婆本上海县人,早年流落崖州(海南岛),从黎族人民学得一套较为先进的纺织技术,元贞年间遇海舶归来,回到乌泥泾居住,她携回一部纺织机。"①其实,黄道婆携织机搭海船返回故里是1958年才出现的故事情节,唐振常却把它写入史著。并且,黎人使用的"腰腿并用席地式原始踞织机",与上海"黄式脚踏提综高架斜织机",完全不是一回事。② 但是,多年来学者维护着黄道婆"民族文化使者"的形象,人云亦云地重复黄道婆向黎人学艺的说法,却没有找到支持这一说法的任何证据。在一些学者头脑中,海南就是黎族人居住的地方,殊不知从西汉到北宋,汉人陆续迁入,反客为主,早已成为海南岛的主体民族。黄道婆在海南学艺,不能想当然地直接将其转换成向黎族人学艺。然而问题是,当越来越多的历史学者不加考证地接受了"黄道婆向黎人学艺"的说法以后,教育工作者认为史学界已达成共识,于是他们在编订教材时,把富有教育意义的黄道婆故事编入中小学课本。中学《历史》课本介绍黄道婆向海南黎族人学艺的故事③,《语文》教材也有类似的课文。上海市小学《语文》S版第10册第3单元"巾帼英雄",介绍的都是国内外著名女性,如南丁格尔、居里夫人、常香玉、花木兰,而排在她们前面的是黄道婆。这篇课文描述黄道婆向黎人学艺的过程:"黄道婆便认真向他们学习。不久,她把一整套植棉方法和纺织技术

---

① 唐振常:《上海史》,上海:上海人民出版社1989年版,第43页。
② 黎兴汤:《黄道婆研究》,北京:改革出版社1991年版,第122—123页。
③ 如1982年人民教育出版社出版的初级中学课本《中国历史》第二册介绍道:"松江乌泥泾人黄道婆,年轻时流落到海南岛,向黎族人民学会了纺棉纱和织棉布的先进方法。后来,她回到家乡,传授黎族的棉纺织技术,并且结合自己的生产实践,改革了棉纺织工具。"(第82—83页)

都学会了。"①此外,上海小学四年级的《品德与社会》教材也说黄道婆"跟黎族人学会一套植棉、纺棉的高超技术"②。这些教科书的内容在历史文献中找不到依据,都是应当代社会需要编造出来的新故事。

出于同样目的编造出来的还有黄道婆是童养媳的情节。20世纪50年代前期,黄道婆已经被建构成纺织女工、民族文化使者。1957年上海县政府重修黄道婆墓,墓碑正面刻"元代纺织家黄道婆之墓",背面镌刻的传记式碑文也强调她这两方面的经历。③ 然而,在那个强调阶级斗争的时代,黄道婆被述说成一个受尽阶级压迫的奴隶,才能与主流意识形态更加吻合。于是,1958年3月顾延培在《我国古代杰出的纺织家黄道婆》一文提出了黄道婆是童养媳的新说:"在上海县的民间,却至今还流传着她的动人事迹:黄道婆是上海县乌泥泾(现在曹行乡)人,幼年时是童养媳,年青时仍旧受着公婆和丈夫的虐待。"她无法忍受欺辱和毒打,从家里逃了出来,奔到了黄浦江边的一条海船上,后来被带到海南岛,"在那里跟着当地人——主要是黎族妇女学习种棉和纺织的技术。到了一二九五年(元代元贞元年),她年纪老了,感到沦落天涯,终非久计。因此就在当年携带了新式纺织工具,搭海船返回故乡"④。这篇文

---

① 上海市小学《语文》S版第10册,语文出版社2006年版,第55页。
② 这篇阅读材料全文如下:"黄道婆生于上海松江,早年去海南,跟黎族人学会一套植棉、纺棉的高超技术。50多岁时她回到上海,带领家乡人种棉织布,改良纺织技术。各色松江布在明清时期畅销全国,远销海外,16世纪的上海成为全国棉纺织手工业的中心。黄道婆不仅促进了上海的繁荣,还对我国古代的纺织业产生了深远的影响,被认为是我国纺织业的祖先,是历史上闻名遐迩的上海先人。"(《品德与社会》四年级第一学期,上海科技教育出版社2005年版,第45页。)
③ 魏德明:《黄道婆墓的修缮和保护》,载张渊、王孝俭主编:《黄道婆研究》,第312—313页。
④ 延培:《我国古代杰出的纺织家黄道婆》,《旅行家》1958年第3期,第12页。

章假借上海"至今还流传着"的民间传说之名,虚构黄道婆的生平事迹。黄道婆的"童养媳"身世、携带新式织机、搭海船返乡都是这篇文章"发明"出来的。

童养媳是从童年就遭受压迫、处在封建压迫最底层的女性;童养媳无法忍受欺辱和毒打而出逃,是受压迫者反抗的举动;出逃到遥远的崖州,无疑又是反抗彻底性的标志。从童养媳成长为纺织技术革新家,是"卑贱者最聪明"的最好例证,十分契合那个时代的政治话语①。因而,黄道婆是童养媳的说法甫一出现,立即受到了重视,通俗故事书、报刊文章、学术论文纷纷采用,还被绘制成连环画向全社会普及。下面是 50 年代后期到 80 年代初期采用过黄道婆是童养媳说法的有影响的文章和出版物一览表:

作者及文章	报刊或书名(出版地)	出版社和发表时间
张履安《童养媳黄道婆革新纺织技术》	《文汇报》(上海)	1958 年 6 月 10 日
拱枢《黄道婆和丁娘》	《文汇报》(上海)	1959 年 4 月 12 日
康促原著,汪玉山、钱笑呆画《黄道婆》	连环画(上海)	上海人民美术出版社 1959 年 8 月
张家驹《黄道婆和上海棉纺织业》	学术论著(上海)	上海人民出版社 1959 年 9 月

---

① 1958 年 5 月 18 日,毛泽东做了《卑贱者最聪明,高贵者最愚蠢》的批示,并指示:"请中央各工业交通部门各自搜集材料,编印一本近三百年世界各国(包括中国)科学、技术发明家的通俗简明小传(小册子)。看一看是否能够证明:科学、技术发明大多出于被压迫阶级,即是说,出于那些社会地位较低、学问较少、条件较差、在开始时总是被人看不起、甚至受打击、受折磨、受刑戮的那些人。"他还要求科学院、大学,各省市自治区也要做这个工作。(参见《建国以来毛泽东文稿(七)》,北京:中央文献出版社 1992 年版,第 236 页)此后,"卑贱者最聪明"成为一个时期内中国最流行的口号之一。各地编写的科学家小传都努力印证毛泽东的这个假设,强调科学家出身卑贱,科学发现过程曲折。黄道婆以童养媳的身份,而成为纺织技术革新家,与毛泽东的这个假设高度吻合,因而受到重视,被反复引用,小传、连环画也出了多种。

(续表)

作者及文章	报刊或书名(出版地)	出版社和发表时间
樊树志《纺织家——黄道婆》	《人民日报》(北京)	1961年6月25日
施联朱、容观琼《历史上黎汉民族团结友谊的光辉篇章》	《中央民族大学学报》(北京)	1977年第4期
徐有武画《黄道婆》	《中国古代科学家》连环画丛书(上海)	上海人民美术出版社1977年12月
上海市纺织科学研究院编《棉纺织革新家黄道婆》	《纺织史话》(上海)	上海科学技术出版社1978年1月
徐宏兵《改革纺织技术的黄道婆》	《中国古代劳动人民的创造发明》(北京)	少年儿童出版社1978年11月
陈光良《黄道婆与黎族棉纺织业》	《广东民族学院学报》(广州)	1980年第1期
胡志新《黄道婆的故事》	《民间文学》(北京)	1981年第3期
揭培礼编、陈成斗绘《黄道婆》	连环画(北京)	人民美术出版社1981年7月
杨嘉祐《棉纺故乡与黄道婆》	《上海风物志》(上海)	上海文化出版社1982年12月

1958年3月《旅行家》杂志刊出顾延培的文章,6月张履安的《童养媳黄道婆革新纺织技术》就引用了"童养媳说"。该文刊载在《文汇报》上,因而扩大了新说的影响范围。黄道婆是童养媳出身的说法迅速被社会各界所接受,成为众人认识和理解黄道婆的基点。张乃清曾介绍这一说法流行的情况:

> 自本世纪50年代,黄道婆的传说故事又不断融入现代意识,为新时代服务。"童养媳"一说,便是典型实例。在1957年以前,无人称黄道婆是童养媳出身,便连当时介绍黄道婆生

平业绩最丰富也最权威的张家驹《黄道婆与上海纺织业》一文,也无此说。而到1958年,此说风行,张家驹在出版专著时也将其补充了进去。连某些辞书也添上了这一笔。据称,说黄道婆曾是童养媳的依据是,元代戏剧家关汉卿笔下的窦娥是童养媳,那同时代的劳苦女孩,必然同命运。于是,公婆虐待、官府相逼、星夜出逃等情节不断"合理想象"而生发了。①

应该说,用元代戏曲人物窦娥的童养媳经历来类比历史人物黄道婆的童年,解释她早年流落崖州的原因,纯粹是一种文学想象,对于研究历史人物并没有什么价值。但是,不管是新编的民间故事、通俗读物、连环画,还是报刊文章、学术论著,都采用了这个说法。张乃清提及的张家驹《黄道婆与上海棉纺织业》一文,刊发于《学术月刊》1958年第8期,其中只有黄道婆"从当地黎族人民学会运用制棉工具和织崖州被的方法",没有说黄道婆是童养媳。1959年9月张家驹把这篇文章扩充为一部书出版时,加上了新流行的黄道婆早年是童养媳的说法。后来,连历史学者编订教材也都采用了这个说法。如李天石主编《中国古代史教程》就有:"(黄道婆)因不堪做童养媳受虐待而流落崖州。"②同样,上海市小学《语文》课文也说:"她从小做童养媳,受到公婆和丈夫的百般虐待。"③通过学术论文的确认,再通过公共教育系统的普及,黄道婆的童养媳形象被注入民众的知识结构之中,构成了黄道婆记忆的一部分。

---

① 张乃清:《对黄道婆传说故事的思考》,载张渊、王孝俭主编:《黄道婆研究》,第70页。

② 李天石主编:《中国古代史教程》,南京:南京师范大学出版社1998年版,第405页。

③ 上海市小学《语文》S版第10册,北京:语文出版社2006年版,第54页。

在黄道婆记忆建构的过程中,文献依据最多的一个方面是她传授纺织技艺和改良棉纺工具,古人对她的所有感恩都基于此。民国时期已有人称她是"改良上海纺织工具的人",尽管王重民曾对此表示怀疑,后来库恩也有类似质疑,但难掩众多称赞声音。1957年上海县为黄道婆所立墓碑,碑文中除了称她是"一个普通的纺织女工"之外,还称她是"我国十三世纪杰出的手工业革新家"。此处"手工业"即指纺织业,"手工业革新家"其实就是"纺织业革新家"。张家驹也高度肯定她为传授和革新纺织技术所做的巨大贡献,还引用上海民谣作为佐证。民谣曰:"黄婆婆,黄婆婆,教我纱,教我布,两只筒子两匹布。"①1959年《文汇报》发表的《黄道婆和丁娘》,称黄道婆是"我国13世纪杰出的纺织手工业者的技术革新者"②。1961年《人民日报》刊文,也称黄道婆是"我国古代一位杰出的纺织技术革新家"③。这些文章的提法略有不同,但都把黄道婆定位为"杰出的""纺织家""纺织技术革新家"。黄道婆的基本历史定位就这样被确定下来。1980年我国邮电部发行了一枚绘制黄道婆上身图像的纪念邮票,说明文字是:"黄道婆(公元十三世纪中叶——十四世纪初)元代纺织技术家。"所谓"纺织技术家",准确说就是"纺织技术革新家"。1983年顾延培著文称黄道婆是"中国棉纺织技术革新的鼻祖"。④ 1993年新编《上海县志》出版,其中《黄道婆传记》也称她是"中国古代棉纺织技

---

① 张家驹:《黄道婆与上海棉纺织业》,《学术月刊》1958年第8期,第33页。这首民谣最早出现在延培《我国古代杰出的纺织家黄道婆》,在接下来的几十年里,它被反复引用,用来赞扬黄道婆教民纺纱织布的功绩。
② 拱枢:《黄道婆和丁娘》,载上海《文汇报》1959年4月12日。
③ 樊树志:《纺织家——黄道婆》,载《人民日报》1961年6月25日。
④ 顾延培:《中国棉纺织技术革新的鼻祖黄道婆》,《农业考古》1983年第2期,第256页。

术革新家","传授在崖州学到的整套棉纺织技术,并改革弹棉、纺车等工具"。① 近年有研究者认为,黄道婆被塑造为"棉纺织革新家"是官方定位。② 从上述文章(包括邮票)可以看出,各家对黄道婆的说法并不太一致,只是达成了大致的共识,那就是黄道婆是"古代纺织技术革新家",但这并不是官方给予的定位。然而毋庸讳言,官方推行的意识形态对形成这种大致的共识起到了深层决定作用。

  可以看出,新中国对黄道婆的形象重构在 20 世纪 50 年代就基本完成,从 60 年代到 80 年代初期处在一个巩固期,即对重构后的黄道婆形象做补充和凝固。1977 年中国恢复高考,学习科学知识成为一种社会热潮。1978 年中共中央召开全国科学大会,邓小平在大会讲话中重申了"科学技术是生产力"的观点,在全国掀起了学习科学技术的运动。当时学校流行"学好数理化,走遍天下都不怕"这句话,做科学家成为当时青年人的共同理想。在此情况下,黄道婆又被称作"古代科学家"。但是,科学家要有科学理论、方法和实验,黄道婆显然并不具备这些条件,把她说成科学家显得过于牵强附会。不过,上海人民美术出版社出版的《中国古代科学家》系列连环画,《黄道婆》仍列在其中。1991 年上海县文化局举办"第二届黄道婆学术研讨会",把邓小平提出的"科学技术是第一生产力"定为会议主题,也是要突出黄道婆的科学家身份。赵朴初为当时在建的黄道婆纪念馆题写的馆名"元代科学家黄道婆纪念堂",也把黄道婆称作科学家。2006 年上海徐汇区政府和东华大学联合主办的"黄道婆文化国际研讨会",徐汇区文化局局长在大

---

  ① 王孝俭主编:《上海县志》,上海:上海人民出版社 1993 年,第 1275 页。
  ② 沈关宝、杨丽:《社会记忆及其建构——关于黄道婆的集体记忆研究》,《东岳论丛》2012 年第 12 期,第 88—91 页。

会发言中把黄道婆称作"中国古代唯一的女科学家"①。但从社会反响来看,人们仍然主要把黄道婆视作一位纺织技术革新家,而不是科学家。中国古代没有科学思想和实验方法,历史文献也不支持"黄道婆是科学家"的说法,今天要把她打造成科学家缺乏说服力。相比之下,黄道婆的纺织革新家的身份要切实得多,往低处说她是一位纺织女工,往高处说她又是一位杰出的纺织技术革新家;重要的是,这些表述都印证了工人阶级的先进性和革命性,能服务于工人阶级领导一切的权力话语的合法性建构。"过去的形象,一般会使现在的社会秩序合法化。"②50年代以后黄道婆被赋予的所有新身份、新形象,通过媒体宣传、文学阅读、连环画欣赏、学校教育等多种途径已经普及到了全社会,构建出了对黄道婆的新记忆,并让它在维护现存社会秩序合法化过程中发挥支持作用。

综上所述,新中国对黄道婆的形象重构在20世纪50年代基本完成,当时的阶级论、阶级斗争观念、民族团结政策、提倡技术革新等时代精神,都投射到黄道婆身上,构成黄道婆的多重社会身份。经过随后二十多年的固化过程,在80年代初形成了对黄道婆的新的记忆形象。

第四节　海南黄道婆传说的资源化生产

在80年代之前海南没有任何黄道婆传说。最近三十多年海

---

① 谭晓静:《文化失忆与记忆重构——黄道婆文化解读》,北京:人民出版社2013年版,第91页。
② [美]保罗·康纳顿:《社会如何记忆》,纳日碧力戈译,上海:上海人民出版社2000年版,第3页。

南"发现的"黄道婆传说,从文本内容看,与上海50年代以后推出的各种黄道婆传说一样,都是文人编写的故事,并非从民间采集上来的口承传说。海南原本没有黄道婆文化,也没有黄道婆传说。就地方志记载而言,乾隆三十九年(1774)《琼州府志》卷十载"元初,有妪名黄道婆者"云云①,其文字并非崖州人原创,而是转录自明嘉靖黄佐纂修的《广州通志》,而黄佐《广州通志》又引自《辍耕录》。② 核对《琼州府志》引文,与陶宗仪《辍耕录》原文仅一字之别,即把"国初"改为"元初"。至清末光绪辛丑(1901)张嶲等人纂《崖州志》,其卷二十有关黄道婆的文字仍注明出自黄《通志》。③ 也就是说,时至清末,海南对黄道婆的记载还是间接引自《辍耕录》,没有任何本土内容。海南最早研究黄道婆传说的黎兴汤指出:在《崖州志》中,"(黄道婆)是同李德裕、丁谓等谪臣和流寓人物的轶事放在一起,并不是放在崖州本土人物志的名贤篇中。"④可见,清末黄道婆仍不被视作海南人。黄道婆在海南没有留下任何本土记载,民间也没有黄道婆的任何讲述。当代海南的黄道婆传说都是对上海黄道婆文化的回应。因为黄道婆在上海有很大影响,广东及海南修志逐录了有关记载,这并不表明海南有对黄道婆的记忆。80年代以来海南的黄道婆传说是人为附会出来的次生文化,而不是原生文化。

为了证明这一点,不妨把海南编创的黄道婆传说,跟20世

---

① 萧应植、陈景埙编撰:《乾隆琼州府志》,载《续修四库全书》第676册,上海:上海古籍出版社2002年版,第637页。
② 黄佐等纂:《嘉靖广东通志·琼州府》,海口:海南出版社2006年版,第559—560页。
③ 张嶲等纂:《崖州志》,郭沫若点校,广州:广东人民出版社1983年版,第513页。
④ 黎兴汤:《黄道婆籍贯族属之我见》,《民族研究》1991年第6期,第101页。

纪50年代以后上海产生的黄道婆传说加以比较。即以海南符策超《黄道婆在崖州的传说》①、陈斯林《黄道婆在水南村的传说》②，与上海延培《我国古代杰出的纺织家黄道婆》、胡志新《黄道婆的故事》作比较，可发现两地传说的主题、情节相似之处很多：

	《我国古代杰出的纺织家黄道婆》(上海,1958)	《黄道婆的故事》(上海,1981)	《黄道婆在崖州的传说》(海南,1982)	《黄道婆在水南村的传说》(海南,1987)
出生地族属	松江乌泥泾汉族	松江乌泥泾汉族	松江乌泥泾汉族	崖州水南村汉族
早年经历	幼年是童养媳，青年时仍受虐待，从家里逃出	幼名黄小姑，做童养媳受虐待。要被卖为官妓，逃出家里	八岁做童养媳，受尽虐待，从家里逃出	父母双亡，住在黎族王亚妹家，认识大陆来的张亚当
怎样到崖州	逃到黄浦江海船上，被带到崖州	逃到佛寺，随云游的师姨来到崖州	逃到黄浦江海船上，被带到崖州内草村，为黎族大妈收留	
学艺过程	向黎族妇女学习种棉和纺织技术	与黎家姐妹一起学习并改进棉纺技术	向黎族妇女学艺，织出精美图案	亚妹娘授艺，黄道婆纺织技艺高超

---

① 符策超：《黄道婆的传说》，载《黎族民间故事集》，广州：花城出版社1982年版，第258—260页；又见符策超：《黄道婆在崖州》，载《黎族民间故事选》，上海：上海文艺出版社1983年版，第214—215页。
② 陈斯林：《黄道婆在水南村的传说》，载《乐东县少数民族古籍》第一辑，乐东县少数民族古籍编委会1987年9月编印。

(续表)

	《我国古代杰出的纺织家黄道婆》(上海,1958)	《黄道婆的故事》(上海,1981)	《黄道婆在崖州的传说》(海南,1982)	《黄道婆在水南村的传说》(海南,1987)
反抗与斗争	反抗封建家庭压迫	反抗封建家庭和官府压迫	反抗封建家庭压迫,拒绝给皇帝织布,遭迫害而逃入五指山腹地	拒绝黎族头人给皇帝织锦的要求,被迫逃离村子,在庙里居住
怎样回到松江	老年携带纺织工具,搭海船返回故乡	年老思乡,带着织棉本领,返回故里	多年后返回家乡	与张亚当结婚,一道返回大陆
乌泥泾传艺	教人弹棉、纺棉技术,改进纺织工具	改进轧棉、弹棉、纺棉工具和纺织、印染技术	把黎族先进的纺织技术传授给乡亲	把崖州纺织技术传授给"乡亲"
后世影响	松江盛产棉布,道婆被祀为"先棉"	织出各种棉布,黄道婆被深切怀念	织出的产品驰名中外	织出的产品闻名天下

海南在20世纪80年代以后出现的黄道婆传说,跟上海较早出现的黄道婆传说属于同一主题类型和情节模式的故事,都叙述黄道婆早年的痛苦遭遇,到崖州向黎族妇女学习纺织技艺,遭受迫害,反抗官府,最后返回家乡传授纺织技艺。上海的传说偏重于黄道婆早年苦难和重返家乡后改进工具、传授技艺的情节,而海南的传说则注重对黄道婆与黎人交往、共同反抗官府的描写,对黄道婆返回家乡传艺经常是一笔带过,极其简略。从观念形态上看,两地黄道婆传说都突出封建压迫和黄道婆的反抗精神,从中还能看到黄道婆与邻居、船工、黎族姐妹的阶级感情。这种基调都是在20

世纪 50 年代确立并延续到 80 年代初期的。那时比较忽视民族差异,把民族问题归属在阶级斗争问题之下,认为"产生民族问题的根本原因,是由于民族中还存在着阶级、阶级矛盾和阶级斗争"[①],所以在黄道婆传说中演绎阶级压迫和阶级斗争的情节,各民族阶级兄弟姐妹都是团结一致的。应该说,几十年后海南复制这样的故事,已显老套且不合时宜。也正因如此,可以认为海南的黄道婆传说是一种回应性、模仿性的次生文化。不过,海南学者逐渐倾向于把黄道婆说成崖州本地女子[②]。强化黄道婆跟海南黎族的关联,从而实现黄道婆文化的本土化,是一部分海南(特别是三亚)黎族人士自我赋予的文化使命。1989 年上海举行首届黄道婆学术研讨会后,海南即有人呼吁调查本省的黄道婆传说,"而后,就相继有文化精英带着自己编写并杂糅进自己观点的传说来到崖城水南村、南山村和高山村进行田野调查,在不断讲故事的过程中,唤醒或是重新建构当地村民对黄道婆的历史记忆"[③]。事实上,当地人并不存在对黄道婆的"历史记忆",倒是这样的田野调查在向民众散播新编的故事,从而向田野注入自己的知识,试图置入新的记忆。

有人开始挑战传统的乌泥泾女子说,把黄道婆说成是黎族织女,以颠覆上海方面凭借历史文献确立起的黄道婆文化的主导权。最早把黄道婆描述成黎族女子的是王开贤《黄道婆在保定村的传说》。该篇开头便说:"黄道婆是崖州南山村人,黎族,1245 年生,1295 年随夫去上海松江乌泥泾镇。"这显然是作者汲取各家的考

---

① 刘春:《当前我国国内民族问题和阶级斗争》,《人民日报》1964 年 7 月 2 日。
② 周振东:《黄道婆籍贯考辨》,首先提出"黄道婆,崖州人也"的观点。周文首刊于广东民族研究所编《广东民族研究论丛》(1986 年),黎兴汤:《黄道婆研究》,第 204—215 页全文转录。
③ 谭晓静:《文化失忆与记忆重构——黄道婆文化解读》,第 181 页。

证成果,再加入个人想象而创作的人物传记,与他自称的"小时候经常听老人讲"的口承传说毫无共同之处。整篇传记贯穿着黄道婆的反抗、黎族人民起义的情节。起义失败后,黄道婆失去家人,来到黄屋庙当道姑,与松江男子宗阿当结婚。两人开设的小作坊赚了不少钱,宗阿当买了一艘双帆木船,带上黄道婆的全部织布工具回到家乡。① 这篇传记情节离奇,它体现了海南重构黄道婆记忆的文化水平和努力方向。曾主张"黄道婆,崖州人也"的周振东支持这种努力,后来他也变成了"黄道婆是黎族织女"的主要提倡者之一。但是,如果说黄道婆是海南黎族女子,应有遗址、遗物、文献、口碑等证据,仅凭文人新编的几篇传说,难以令人信服。所以,尽管90年代海南一直在利用黄道婆做"文化搭台,经济唱戏"的尝试,但黎族织女说一度无人再提。不过,2005年以后的非物质文化遗产项目普查和申报活动再次刺激海南黎族人士的文化自觉意识。该年海南某副省长批专款,资助苏传盛编写长篇民歌《崖州织女——黄道婆》,再度称黄道婆是黎族女子,并演绎她的童年遭遇、向崖城汉人学习纺织技术,以及为逃避财主逼婚而逃入广度寺当道姑等经历。后来黄道婆与阿当一道回到松江,因传播先进棉纺技术而名闻九州。从故事框架即可看出,这篇"民歌"较多继承了王开贤《黄道婆在保定村的传说》,在情节上还有所拓展,但它很难说是一部优秀作品。此后,海南省又先后投入3 000多万元排练五幕舞剧《纺织女神——黄道婆》,剧中的黄道婆虽是汉族女子,却充满了黎族文化元素,黄道婆与黎族青年恋爱,她的纺织技术全部来自黎族。舞剧淡化了她与上海的关系,

---

① 王开贤:《黄道婆在保定村的传说》,载黎兴汤:《黄道婆研究》,第255—261页。

序幕中她是被官船救起的落水女子(模糊其籍贯),尾声中她乘着一条满载黎锦的大船驶向大陆,连最后引用《黄婆婆》歌谣,也淡化其流传地。舞剧突出海南黎族纺棉、织锦等文化元素,消除了阶级斗争的老调,彰显黎、汉民族团结和友谊。黄道婆血缘上是汉族,但剧中宣称"一位纺织女神从黎族中走出",凸显她在文化上是黎族女儿。该舞剧具有很好的舞台效果,主题也符合当下的需要,在北京、海口等地演出,获得媒体和评论界的良好反响。通过舞剧这一综合艺术形式,黄道婆被打造成黎族文化滋养出来的纺织女的崇高形象。

在海南各地中,三亚在争夺黄道婆文化方面呼声最高,用力也最多。2009年7月三亚市政协主办"黄道婆在三亚"专题学术研讨会,会议的主题是"黄道婆是崖州黎族纺织女"。参会专家都是特选的赞成派,持不同观点的学者不在邀请之列。在研讨会上,各位专家只需从不同角度论证这个主题就足够了。① 有几篇非专业人士的文章(如《探究黄道婆的出籍和身世》《立论黄道婆是黎族妇女的依据》等)得到了主办方的重视。最后主办方宣布:专家学者普遍赞同"黄道婆是崖州黎族纺织女"。会议后9个月,即2010年4月,三亚市政协又举行了一次"中国衣食父母主题公园"专题研讨会,拟分别创建"黄道婆纪念馆"和"袁隆平科技馆",请50多位专家与会讨论如何建造、管理和经营黄道婆纪念馆。由于种种原因,原计划2015年完成的项目,到2015年底仍未开工建设。但是,对黄道婆塑像的设计思路已基本确定,那就是把黄道婆设计成身穿筒裙的黎族女青年形象。值得注意的是,在三亚,一心打造黄道婆黎族织女形象的主要动力来自政府官员而非学界人士,此乃

---

① 谭晓静:《文化失忆与记忆重构——黄道婆文化解读》,第180页。

三亚文化建构的一大特点。

　　三亚市政府一方面在研讨会上强调实事求是、百家争鸣、科学发展观,另一方面由政府确立观点,只邀请赞同派和非专业学者在研讨会上唱赞歌,进而以学者普遍赞同的名义通过了多项决策,期望把黄道婆打造成黎族织女,而三亚则成为黄道婆故里,试图以此独占黄道婆文化。经过一系列运作,三亚市政府通过了《关于加快三亚文化产业发展的决定》,其中提到"利用历史名人黄道婆在三亚从事纺织技术学习研究的深远影响,探索引进时装大品牌从研发、生产到展示交易等基地落户三亚的路子"。在"黄道婆在三亚"研讨会上,三亚市政协主席苏庆兴(黎族)说:"旅游是支柱,文化是灵魂,文化决定旅游的品位,挖掘发挥黄道婆棉纺织技艺独特历史文化和本地民族特色文化资源为国际旅游岛建设服务,应成为三亚国际旅游岛建设规划的一个内容。"①可以看到,三亚打造黄道婆故里的努力,完全服务于开发旅游和发展经济的需要。他们认定黄道婆是一种历史文化资源,是海南旅游的一个卖点,编创黄道婆传说成为三亚最快捷、最廉价的文化生产和资源占有的手段。苏庆兴主编的两次会议的论文集《黄道婆的三亚解读》和《三亚的光荣和使命》,羊中兴、冯衍甫的带有传记文学特色的《黄道婆评传》、庄黎黎《黄道婆传奇》、葛君《黄道婆猜想》,最近几年相继推出。但是,总的来说,这些著作充斥着猜想和戏说,各说之间相互矛盾,无法实施有效的文化建构和记忆再生产。

　　谭晓静博士曾在三亚景区做问卷调查,她发现所有游客都认为黄道婆是古代棉纺织革新家,上海人。他们对黄道婆的认识主要来自学校教育,而非在三亚景区所受的影响。但是,当被问及黄

---

　　① 谭晓静:《文化失忆与记忆重构——黄道婆文化解读》,第 117、124—125 页。

道婆是汉族人还是黎族人时,一部分游客显得迟疑不决,两个选项都有人选;不过选择她是汉族人的游客也会补充说,黄道婆即便是汉族人,把黎族棉纺技术发扬光大,也应是黎族人民的骄傲。① 看来,三亚把黄道婆打造成黎族纺织女的努力,也不是一点成效都没有。对海南本地人,谭晓静也做过调查,她发现在研究者调查比较多的南山村、水南村,一部分人受到影响,开始把黄道婆称作自己村里住过的人,并把迎旺塔和广度寺(已废)当作证据。其他乡村的农民在被问及时,大都表示知道黄道婆这个人物,但对于她的籍贯、族属、身世等则一无所知。文化程度较高(高中以上)的人,对黄道婆在三亚的传说了解较多。他们主要是从网络、电视、报刊等媒体了解到黄道婆在三亚的事迹。受当地政府宣传的影响,一部分文化程度较高的人已经开始感到黄道婆对于当地经济文化的重要性。② 但是,对于大多数三亚的黎汉群众来说,要把对黄道婆的记忆改造成"崖州黎族纺织女",恐怕还有很长的路要走。

当地方政府、公共媒体合力推动打造黄道婆是崖州织女(或黎族织女)形象的时候,部分海南学者对这种打造提出批评,认为编造虚假传说是不严肃的行为。事实上,正如前面已指出的,海南对黄道婆传说的所有建构都建立在20世纪50年代冯家昇"发明"的黄道婆向黎人学习棉纺技艺的基础上。只是,海南编造的相关传说大多文字粗糙,情节拙劣,经不起推敲和分析。读者不愿欣赏和接受的传说,在打造新的社会记忆方面,很难取得好的效果。

---

① 谭晓静:《文化失忆与记忆重构——黄道婆文化解读》,第126页。
② 谭晓静:《文化失忆与记忆重构——黄道婆文化解读》,第127—128页。

第五节　建构黄道婆传说的人及其诉求

前文已介绍过 20 世纪 50 年代对黄道婆传说的建构过程，建构者主要是作为国家政治和文化中心的北京和上海的大学教师（冯家昇、樊树志、张家驹）、新闻记者（林秀、拱枢、康促）、画家（汪玉山、钱笑呆）和文化干部（顾延培）。直到 70 年代末，建构者的地域来源和身份特点都没有发生变化。他们建构黄道婆传说的方式并非通过田野采风发布调查所得，而是通过合理化想象杜撰传说，再以发表论文、时评、通俗文章或出版连环画的形式勾画黄道婆的新形象。依照当时国家的权力话语，他们把黄道婆描述成了纺织女工、纺织技术革新家、童养媳、反抗者、民族文化使者。黄道婆的族属是汉还是黎，籍贯是上海还是海南，都不是需要讨论的问题（一致认定她是汉族，上海人）。当时在国家层面上建构黄道婆传说，着眼于宏观叙事，都在为强化国家的主流意识形态、巩固无产阶级专政的群众基础服务；凸显地方利益和个别民族的观念在当时被斥为地方主义和狭隘民族主义，是受批判的错误思想。70 年代后期到 80 年代初，上海、北京仍在延续这种建构模式，杨嘉祐编写的《棉纺故乡与黄道婆》，上海市纺织科学研究院编写的《棉纺织革新家黄道婆》，徐宏兵编写的《改革纺织技术的黄道婆》，都在延续 50 年代的故事主题。80 年代初胡志新的《黄道婆的故事》，虽注明采自村民口述，但主要还是作者编写的，并非在严格的田野调查基础上整理。这个在 50 年代就基本定型的黄道婆形象，在 1989 年、1991 年、2006 年上海举行的三次黄道婆学术研讨会上被进一步固化。今天上海乃至全国大多数学者都把童养媳流落海南岛、向黎人学习纺织技术当作信史来叙述。① 这种表述仍符合中国主流意识形态,黄道婆纪念馆也就这样介绍她的生平事迹。徐汇区还给这个纪念馆挂上了"爱国主义教育基地"的牌子,并编写了2万多字、数十幅插图的《黄道婆》课外阅读教材,对本区中小学生进行乡土文化教育。黄道婆塑像被竖立在上海莘庄地铁站北广场、黄道婆纪念馆、黄母祠(位于上海植物园内)等处。

上海把黄道婆视作"阿拉上海人",至今仍以敬仰的态度纪念这位带来"棉花革命"的女恩人。但是,上海并没有也不打算把黄道婆当作旅游卖点加以利用,迄今没有一处售票的景点竖立黄道婆的塑像,未来也没有建设这种景点的打算。在上海,黄道婆曾是民间信仰的神祇,现在仍是一位历史文化名人,她出现在研究文章、教科书和纪念馆中,而不是旅游景区里。

当然,关于黄道婆的古代文献全部来自上海,并不意味着海南方面无法有所作为。海南正在通过移植、改造上海的黄道婆传说,创造黄道婆文化的新传统。霍布斯鲍姆认为:新传统被"发明"出来,需要从已有的文献、习俗、仪式、符号中借取资源。② 这种"借取"有多种方式,如对历史文献做新的阐释、新编传说或民歌、发现新的历史遗址等。事实上,历史上对于"自崖州来"的误读,50年代出现的黄道婆向黎族妇女学艺的传说,是海南进一步展开

---

① 陈澄泉、宋浩杰主编的《被更乌泾名天下——黄道婆文化国际研讨会论文集》中收入的论文,在叙述黄道婆生平时,多数上海学者采用了童养媳、向黎人学艺、纺织革新家等说法,包括历史学者苏智良、陈勇、屠恒贤,民俗学者王宏刚、蔡丰明、仲富兰、徐华龙等。北京民俗学者宋兆麟在《踏访黄道婆第二故里遐想》一文中也采用了这些说法。北京大学王锦贵教授《从黄道婆一生论黄道婆文化现象》也称:"青年时期的黄道婆生活很不幸福,她因为无法忍受公婆的虐待,逃离了家乡。在饱经辗转流离之苦后,只身来到遥远的崖州(今海南岛崖城镇),从此在这里一住就是数十年。"显然,王锦贵也把新编传说当作史料使用了。(载《传统文化与现代化》1999年第3期)

② [英] E. 霍布斯鲍姆、T. 兰格:《传统的发明》,顾杭、庞冠群译,南京:译林出版社2004年版,第7页。

传统"发明"的基础。迄今海南黄道婆传说已经出现了 5 种主要说法：

黄道婆族属、学艺对象	持 说 者
大陆来的汉族女子,向海南汉人学艺	黎兴汤、羊中兴、冯衍甫
大陆来的汉族女子,向海南黎人学艺	符策超、庄黎黎、舞剧《纺织女神——黄道婆》
崖州出生的汉族女子,向黎人学艺	陈斯林
崖州出生的黎族女子,向海南汉人学艺	苏传盛
崖州出生的黎族女子,本民族学艺,嫁给汉人而到松江传艺	周振东、王开贤、李和弟

尽管很多学者都指出,陶宗仪、王逢所述的"崖州"应指代整个海南岛,而非三亚崖城镇,但是,"自崖州来"还是给三亚争夺黄道婆文化提供了最好的口实,而黎族干部则倾向于把黄道婆当作黎族的骄傲。早在 80 年代后期,黎族干部就对上海人说:"黄姑不应该是你们上海人,应该是我们海南人,也是我们黎家的骄傲。"① 为此,他们在造作相关传说、民歌,为黄道婆塑像的同时,还推动三亚市政府建造黄道婆故居,并将南山镇西北山麓的木棉树林确认为黄道婆故居的遗址。选址于此是因为,"作为旅游景点,这一处风景奇观具有很大的开发潜力"②。但问题是木棉树和棉花是不同植物,怎可根据今天这里有一片木棉树,就断定七百年前黄道婆曾在这里种棉花呢？如果仅仅是因为便于开发为景点就选定这里,

---

① 孙林桥:《黄道婆海南踪迹寻访散记》,载张渊、王孝俭主编:《黄道婆研究》,第 337 页。

② 陈人忠、林志坚、周德光:《关于重建黄道婆故居的初步设想》,陈澄泉、宋浩杰主编:《被更乌泾名天下——黄道婆文化国际研讨会论文集》,第 45—46 页。

那就是为旅游而生造景点。这样没有历史依据的景点,能否吸引到文化品位越来越高的游客,仍有待观察。三亚市政府打造黄道婆景点的做法,也可以用记忆理论加以解释。诺拉指出:"记忆的内在体验越是薄弱,它就越是需要外部支撑和存在的有形标志物。"① 三亚市大兴土木的开发行为正是为了弥补黄道婆记忆内在体验的薄弱。相比之下,上海对黄道婆记忆的体验要丰富得多,而外部支撑仅有黄道婆墓、黄母祠、纪念馆各一,雕塑屈指可数,尺寸也很小,以黄道婆命名的楼、路也很少,且无一处是售票景点。三亚人对此颇感惋惜,认为:"如果孤零零地、干巴巴地只建一间宅或一个庙或一座馆,那就没有生命力和影响力,因为不搞旅游,没有游客,就不能发挥宣传教育作用。"② 显然,三亚以"搞旅游"为目的利用黄道婆的思路根深蒂固,然而,他们又要发挥旅游的宣传教育作用,进而重铸社会记忆。要达到这些目的,前提应该是切实可信的历史文化给人以充实的精神熏陶,而不是给人以假冒的景点和虚假的说辞。三亚在利用黄道婆名人效应方面,似乎还没有找到可靠的立足点。本应作为重铸社会记忆支点的市图书馆,有关黄道婆的资料少得可怜。③ 海南省打造的舞剧《纺织女神——黄道婆》具有一定的艺术水准,但是,就三亚而言,迄今还没有生产出一部像样的相关文学艺术作品。三亚市政府正准备开工建设的"衣食父母园",把古人黄道婆与今人袁隆平合放在一个园区,而这两

---

① [法]皮埃尔·诺拉:《记忆之场:法国国民意识的文化社会史》,黄艳红等译,第 12 页。
② 陈人忠、林志坚、周德光:《关于重建黄道婆故居的初步设想》,陈澄泉、宋浩杰主编:《被更乌泾名天下——黄道婆文化国际研讨会论文集》,第 46 页。
③ 曾到三亚市图书馆查找黄道婆资料的谭晓静博士说:"三亚市图书馆和海南省民族博物馆理应成为本土学者研究的资料阵地,……可结果令人失望,因为两馆所藏黄道婆的资料还没有笔者收集到的多。"(《文化失忆与记忆重构——黄道婆文化解读》,第132 页)

个人跟三亚的关系都不算深,前者与三亚的关系模糊不清,后者也只不过在三亚设过育种基地而已。政府花费巨额投资营造这种项目的意义遭到怀疑。因而,这样的旅游项目能起到怎样的宣传教育效果,也让人难以乐观。

跟上海以及海南其他县市争夺历史文化名人黄道婆,从而打造景区、刺激旅游经济,是三亚市建构黄道婆传说的主要目的。黎族干部试图通过把黄道婆打造成纺织技艺高超的黎族妇女,重构黎族的文化记忆。① 但是,由于编撰传说的品位不高,强行推进的手段粗糙,连海南本地学者也不断发表批评意见。如乐东县黎兴汤认为黄道婆不可能是黎人,"要是年过半百,语言不通,习俗不同,纹脸纹身,耳坠过肩的黎族妇女去到上海,定会受到围观和嘲笑",断然不可能在上海传授纺织技艺。② 海南大学的周伟民、唐玲玲指出:"所有关于黄道婆的叙述、论证,都是传说,都是通过连篇累牍的文章,力图证明传说是可信的,是真实无疑的!"③三亚市图书馆某副馆长说:尽管有海南学者将黄道婆定义为崖城镇水南村人,有人还准备找一间破房子指定是黄道婆故居,终因无证据而打消念头;水南村的黄道婆传说都是 80 年代当地文人编撰出来的。④ 海南省民族博物馆的罗文雄馆长也指出:近年黎族搜集到的黄道婆传说,都是文人编写后带到村中讲给黎族人民听的,一批又一批学者一次又一次地去访问,便强化了村民对黄道婆的记忆。每个学者研究的视角不一样,讲述的故事情节不一样,给村民建构

---

① 沈关宝、杨丽:《社会记忆及其建构——关于黄道婆的集体记忆研究》,《东岳论丛》2012 年第 12 期,第 92 页。
② 黎兴汤:《黄道婆研究》,北京:改革出版社 1991 年版,第 141 页。
③ 周伟民、唐玲玲:《黄道婆传说及其历史背景·黎族织锦》,陈澄泉、宋浩杰主编:《被更乌泾名天下——黄道婆文化国际研讨会论文集》,第 134 页。
④ 谭晓静:《文化失忆与记忆重构——黄道婆文化解读》,第 133 页。

了不一样的记忆。① 上述学者坚守学术良知,对一些地方官员和非专业人士的胡乱建构提出批评,他们的声音并没有被完全忽视。这些批评者对传说建构中的盲动行为起到了制约作用。

第六节　当代传说建构社会记忆的动力学分析

80年代以来海南(特别是三亚)通过编造传说对黄道婆的再建构,作者、作品不可谓少,除了打造传说、民歌、舞剧、小说等文艺作品,学术论文和论著也不少,还建造了黄道婆的雕塑、纪念馆、故居等,近年还邀请世界名模在三亚举行时装表演;但是,毋庸讳言,海南建构的黄道婆传说,影响仅限省内,其效果远逊于50年代那次席卷全国的建构活动。至今一些地方小学《语文》课文(或课外阅读材料)、《思想品德》类教材,仍通行黄道婆是松江乌泥泾人、幼年做童养媳、逃到海南向黎族妇女学艺、返回家乡传艺等描述,没有哪一篇课文说黄道婆是黎族姑娘。可以说,迄今为止海南方面对黄道婆社会记忆的打造并不算成功。

同样的形象建构过程,为什么50年代的建构得到了中国社会接受,而80年代以后海南的再建构却未被普遍认可? 建构主义者认为,新建构的文化跟传统的文化是等值的。有人说:"于实践者而言,生活场域的所有文化,无论新的还是旧的,都具有同等价值。"②但是,

---

① 谭晓静:《文化失忆与记忆重构——黄道婆文化解读》,第133页。
② 刘正爱:《谁的文化,谁的认同?——非物质文化遗产保护运动中的认知困境和理性回归》,《民俗研究》2013年第1期,第16页。

我们看到,对于包括海南人在内的所有中国人来说,元代陶宗仪、王逢描述的黄道婆比20世纪50年代建构的黄道婆更有价值,而后者比80年代以后海南新建构的黄道婆更有价值。作为生活实践者的三亚人对黄道婆是本地人的说法,很多人并不知道,知道的人中持怀疑态度的也不在少数。有黎族干部积极推进黄道婆是黎族织女的形象建构,但也有黎族学者指出这是胡乱作为。看来,最新建构的东西,还有待于人们的认可,其文化价值也最小;那些建构时间长,被反复引证、述说而沉淀为"传统"的知识,才更有文化价值。要清楚地说明这个问题,需要回到扬·阿斯曼的文化记忆理论。

扬·阿斯曼按照记忆方式的不同把人类社会的发展模式划分为"无文字的"和"有文字的"两种。① 无文字社会的文化记忆完全依赖于仪式行为,而文字社会的文化记忆主要由文本来承担。文本超越了声音的时空限定,是一种跨越时空的媒介工具,因而它具有信息储存功能。"一切都表明,文字是被作为储存的媒介物而非交流的媒介物发明出来的。如果我们追溯到各种记录系统的源头,就会发现它们最初都是为记忆(而不是为声音)服务的。"② 通过制度化的框架条件,如教育、阅读、背诵、阐释等,文本储存的信息转化为记忆,从而保持社会文化的一致性。在有文字的社会里,文字文本对文化记忆的传承具有主导性作用。中国是一个特别注重文献的国度,有文字记录(特别是正史记载)被认为是有典籍可查的史实,而无文字记录则被认为是于史无据的空言。人们不愿

---

① [德]扬·阿斯曼:《有文字的和无文字的——对记忆的记录及其发展》,王霄冰译,《中国海洋大学学报》(社会科学版)2004年第6期,第72—74页。
② [德]扬·阿斯曼:《有文字的和无文字的——对记忆的记录及其发展》,王霄冰译,《中国海洋大学学报》(社会科学版)2004年第6期,第73页。

相信于史无据的空言。文献越古老,转述越多,可信度越高,楔入社会记忆的程度也越深。因而,新建构出来的故事如果缺乏史料的直接或间接支持,被质疑和否定就在所难免,转化为普遍的社会记忆就困难重重。

然而,20世纪50年代建构出来的传说大多也是查无实据的文学想象,为什么能得到更多人的接受,甚至能转化为一种普遍的社会记忆呢?英国学者马修斯在讨论文化资源化时指出:引起文化资源化有两个基本语境,一是国家,二是市场①。50年代对黄道婆传说的建构是在国家控制的话语体系内完成的,它顺应了新中国的意识形态灌输和政治话语操演的需要。在政治高度同质化的社会背景下,在不存在批评和讨论空间的学术氛围下,把黄道婆描述成纺织女工、纺织技术革新家、童养媳、反抗者、民族文化使者等形象,既符合当时的意识形态,也是唯一可以公开讲述的故事。这些传说虽是经由多人参与、多形式展现而逐渐被建构出来的,但是它们在政治理念上是高度一致的,因而大家相互承认、相互转述、相互支持,从而在黄道婆形象建构上朝着一个方向共同推动,达成了高度共识。50年代对黄道婆形象建构的有效性也正在于此。反观海南方面,起主要作用的不是国家,而是市场。一般来说,市场是多方参与者角力的舞台,各种意见和利益交织在一起。80年代以来海南学术环境相对宽松自由,各家创造出各种各样的黄道婆传说。上文列出的对黄道婆的5种身份认定,是比较流行的说法,但这些远不是全部。编创传说的目的各不相同,从建构海南贬官(流寓)文化到突出黎族文化特色,从弘扬黄道婆精神到开发旅

---

① Mathews, Gordon: *Global Culture/ Individual Identity: Searching for Home in the Cultural* Supermarket. London: Routledge, 2000.

游景区。建构者的诉求各异,编出的故事也迥乎不同。海南各县市都想从黄道婆文化中分得一杯羹,三亚、乐东、琼海、临高、五指山等地都造出各自的黄道婆传说,都试图把黄道婆说成本地人,然后进行旅游开发。高度地方化的故事,艺术水平却普遍不高,又无可靠的文献依据,形成众说纷纭、莫衷一是的局面。其中三亚凭借对元代文献中"崖州"地名的片面化解读占得较大优势,开发旅游景点的力度也最大,做出要独揽黄道婆文化资源的姿态,但三亚市内部也无法就黄道婆的族属、出生地、经历做出统一的解说。各种声音交织,多种调门相互抵冲。用力学分析的话说,各个作用力方向不一致,无法在一个方向上形成合力,就无法推动物体运动。三亚市试图发出统一的"黄道婆是黎族纺织女"的声音,然而立论过于牵强,做法过于急功近利,于文献、于遗址皆无依托,为本省甚至本市学者所批评,所以打造"衣食父母园"的项目也迟迟未能动工。尤其要紧的是,三亚也好,海南其他地方也好,所编造的黄道婆传说,与国家审订和认可的中小学《语文》《历史》《思想品德》等教材的说法相左,这些教材铸造的社会记忆已经先入为主,新编传说缺乏撼动"传统"的力量,一时很难改变原已形成的记忆模式。

如今依托黄道婆传说已经形成了多个层面的记忆之场,首先是国家层面上的记忆之场,其次是两个地方性的记忆之场,一个以上海为中心,一个以海南(特别是三亚)为中心。在当代中国社会格局下,国家层面的记忆之场是强势的、有控制欲望的力场空间,对地方性的记忆之场起到限定和引导作用。追溯起来,国家层面的记忆之场是50年代围绕上海打造而成的,所以与以上海地方为中心的记忆之场具有高度的同质性;而80年代以后海南打造的记忆之场,突出的是地方利益,与国家层面的记忆之场不完全吻合。海南的黄道婆记忆建构是局部的,无法在整体上颠覆国家层面上的黄道婆记忆。哈布瓦赫认为,人们如何建构和叙述过去,在很大程度上取决于当下的理念、利益和期待;社会记忆的建构会受到话语权力的控制。① 近三十年中国社会对黄道婆的记忆没有发生大的改变,主要原因是国家主流意识形态和话语权力没有发生大的变动。虽然国家没有动用行政手段干预海南黄道婆记忆的生成过程,但国家的意识形态和文化理念限定着地方黄道婆记忆的引申走向,抑制地方性社会记忆建构的"不良"倾向。

但是,海南(特别是三亚)建构的黄道婆传说,打造的黄道婆记忆,并非在做无用功,并非毫无前途可言。记忆不同于历史之处在于,它是个人化、地方化、民族化的回忆,同时也是现实化的回忆。像中国这样地域广大、民族众多、历史悠久的国度,社会记忆本来就不应是单一的,而应是多样化的。"通常,共同体内部存在着复数的记忆,在不同层级的主导权争夺中,不断地被建构。"②海南依托打造新的黄道婆传说而建构的黄道婆记忆,无论如何斑驳多样,有一点是无法回避的,那就是一部分海南人——包括三亚汉族和黎族——已经开始把黄道婆当作自己的家乡人,能体现海南辉煌的棉纺历史、代表黎族织锦技术的人。我们相信将来还会有更多的人,包括海南人和来自全国各地的游客,会越来越多地把黄道婆与海南历史及黎族文化联系在一起。

(本章写作期间,曾发给陈泳超、王晓葵两位先生征求意见,并获指教,特此致谢!)

---

① [法]莫里斯·哈布瓦赫:《论集体记忆》,毕然、郭金华译,上海:上海人民出版社 2002 年版,第 43—45 页。
② [日]岩本通弥:《作为方法的记忆——民俗学研究中"记忆"概念的有效性》,王晓葵译,《文化遗产》2010 年第 4 期,第 114 页。此语岩本通弥又引自日本另一学者小关隆,它是当今记忆理论流行的观点。

第四章
都市传说中的文化记忆及其意义建构
——以上海龙柱传说为例

本章讨论的都市传说(urban legends),也就是当代传说。一般认为,前者揭示了传说的都市生活背景有别于乡村,后者指明了这些传说生成的当代性。欧美学界曾对这两个概念的合法性进行过讨论,王杰文做过简洁的归纳:"当代传说又被称为'现代/都市传说''流动的传说''现代神话''都市谣言''当代信仰故事'等等,在国际民间叙事研究领域则统一称之为'当代传说',指的是一种篇幅短小而高度易变的叙事类型。"①在欧美高度城市化的社会背景下,都市传说与当代传说基本等同。在中国上海这样的大都市情况也是如此。本章讨论的上海龙柱传说是最近十几年出现,却具有古代传说的人物和母题,带有浓厚的传统性特征;但它们又依附于新建筑物,阐释新近发生的事件,无疑又属于当代传说。都市传说、当代传说两个概念在表述上各有侧重,但所指相同,本章将把两者视作等值概念加以运用。

---

① 王杰文:《作为文化批评的"当代传说"——"当代传说"研究30年(1981—2010)》,《民俗研究》2012年第4期,第30页。

第一节　都市传说的文学研究视角

欧美各国对都市传说(有人称之为传言、谣言)的关注在 20 世纪 50 年代就已经开始了,参与研究的学者大多来自社会学、人类学、民俗学等学科,也有文学视角下的研究,但相对较少。美国民俗学家布鲁范德影响广泛的《消失的搭车客:美国都市传说及其意义》一书①,汇集了 20 世纪 40 年代到 70 年代末共一百多个都市传说,主要研究视角是社会学、民俗学,几乎没有文学分析。在中国大陆,传说属于民间文学的研究领域,但都市传说长期无人问津,引入欧美都市传说的研究成果是最近十多年的事情,李扬、张敦福、王杰文等人是主要译介者。据张敦福、魏泉《解析都市传说的理论视角》一文介绍,现今对都市传说的研究主要有弗特的神秘主义方法、语言-结构分析方法、精神分析学方法、历史-地理学派方法、结构主义方法、文学解读方法等几种。② 文学解读方法虽有一席之地,但不管是美国民俗学家 Daniel R. Bames 提倡的对一切文学作品中的都市传说进行识别的研究,还是后来出现的试图在前代著作中探寻都市传说传播轨迹的思路,都是对都市传说的题材分布(或运用)的外围性研究,富有深度的文学分析和解读并不多见。

对都市传说的研究还出现了割裂传统的倾向,有人把关涉汽

---

① [美]扬·哈罗德·布鲁范德:《消失的搭车客:美国都市传说及其意义》,李杨、王珏纯译,桂林:广西师范大学出版社 2006 年版。
② 张敦福、魏泉:《解析都市传说的理论视角》,《民间文化论坛》2006 年第 6 期,第 25—28 页。

车、飞机、电梯、地铁等的当代传说视作全新品种,忽视它们与古代传说在人物、母题乃至主题上的联系,这也无助于深化对都市传说的文学研究。

都市传说归根结底是一种民间口头文学,它虽不是一种纯粹的文学,其中包含有历史的、政治的、宗教的、伦理的、语言的以及实用的知识和信仰,但其基本属性仍是文学的,带给听众或读者的主要是故事情节、人物形象、审美愉悦。从文学的视角,采用文学的研究方法,比将它视作"准历史"(如布鲁范德那样)而探寻其人或事的原型,或将它当作某种道德寓言(如尼古拉斯·迪方佐等人那样)而阐发其道德功能,都更能触及都市传说的内核。所以,对都市传说应该有更充分的文学研究,包括对其情节母题、人物角色、主题与时代精神等方面的分析研究。当然,口头文学是文化记忆的表征,它自由想象和创造的特质又让它成为在"生活世界"中进行文化意义建构的重要方式。基于这样的认识,本章将以上海龙柱传说为例,探讨当代传说在人物角色、母题、主题等方面的传统性,及它们呈现出的文化记忆,分析其意义建构在城市文化传承中的作用。

第二节 上海龙柱传说的多种讲法

上海都市传说由市民自发创作,并依附于相关的人和物。本文不讨论"人"的传说[①],集中讨论"物"的传说。此处所称的"物"

[①] 近代以来,上海有大量的关于政治人物、商界巨头、影视演员、流行歌手、体育明星等的传说(或称谣言,包括各种绯闻)。进入当代,这类传说依旧流传,并不断产生新说,呈现出层出不穷的延续势头。

又可分为建筑物、街道、车站、公园、校园、河道、树木等,它们是所谓的"中心点"①。这些"中心点"让传说接了地气②,获得地域文化的滋养,在传承过程中起到激发、再生和加注能量的推进器作用。上海当代传说具有传统的角色和母题,却依附于特定的人和物,尤其是新建筑物。

　　上海流行最广的当代传说当数延安路高架与南北高架立交桥桥墩(工程编号 PM109)及其龙雕塑的传说。这个桥墩上雕有几十条龙,还有凤凰、日月、飞云、浪花。按照作者赵志荣的介绍,这幅作品的题目是《龙腾万里,日月同辉》,他想要表达的是上海在建设中重新腾飞的景象。③ 原本是与主旋律十分合拍的一幅大型工艺美术作品,市民却解读出不同的含义。这两条高架路的建设经历了漫长的工期④,其间还传出基桩打不下去的传闻;等到南北高架开通时,大家发现桥墩上雕饰了多条金龙,而此时玉佛寺的真禅法师恰好圆寂。几个互不相干的事却被市民串联在一起,把基桩打不下去说成是地下有龙;经过高僧介入干涉,龙搬家了,但它有

---

　　① 关于"传说有其中心点",柳田国男指出:"传说的核心,必有纪念物,无论是楼台庙宇、寺社庵观,也无论是陵丘墓塚、宅门户院,总有个灵光的圣址、信仰的靶的,也可谓之传说的花坛发源的故地,成为一个中心。奇岩、古木、清泉、小桥、飞瀑、长坂,原来皆是象一个织品的整体一样,现在却分别而各自独立存在,成了传说的纪念物。尽管已经很少有人因为有这些遗迹就把传说当真,但毕竟眼前的实物唤起了人们的记忆,而记忆又联系着古代信仰。"见氏著《传说论》,连湘译,中国民间文艺出版社1985年版,第26—27页。
　　② 欧美普遍流行的"消失的搭车客""钩子杀手""下水道的鳄鱼""头发里的蜘蛛"等母题类型,在上海未见流行。虽然吸血鬼博士、吸血老太婆的传说曾经流传过,但欧美都市传说在上海未见大规模流行。
　　③ 《和尚道破天机的说法是不存在的》,见 http://baike.baidu.com/view/3574079.htm。
　　④ 因为上海南北高架路在成都路、重庆路上,是市内的交通要道,道路施工对市民出行造成较大影响。南北高架路于1993年10月破土动工,1995年12月建成通车,两年多的工期已让人们感到"漫长",而延安路高架建设时间更长,直到1999年9月才建成。这两条高架交汇的立交桥是上海市内重要的交通枢纽,采用5层式(包括地面道路)结构,工程难度大,工期断断续续地持续了6年。

可能返回并造成破坏,所以桥墩上雕龙是对地下那条龙的安抚。于是,这个桥墩被称作龙柱(或"九龙柱"),传说不胫而走,悄然流传。下面是其中一个版本:

> 90年代中期建造南北高架和延安路高架的时候,两条高架路交会的地方建立交桥,要打很深的桩子。可是,施工单位打了多次就是打不下去。后来他们请玉佛寺的真禅法师前来查看情况。真禅法师仔细观察后说:此处是上海的龙脉,地下有条黑龙,桥墩正打在龙头上。此龙某月某日某时离开,此时打桩可保无事。但黑龙返回后需要天龙镇压,将来桥墩上要雕刻九条金龙才能安全。真禅法师带着徒弟在现场做了七天七夜法事。法事结束,时辰正到,施工队开工,这次桩子顺利打下去了。施工人员都感到惊奇。南北高架建好后,这个桥墩的外面真的用白铁包裹起来,雕了九条金龙。真禅法师因为道破天机,做完这场法事没几天就圆寂了。①

传说中的真禅法师,生前为玉佛寺住持,1995年12月1日圆寂,9天后,即12月10日,南北高架路正式通车。这两件事与立交桥建设打不下桩子的传闻以及桥墩上的龙雕塑联系起来,用于编织故事情节。这些神异传说出现在当今的上海是令人称奇的文化现象。然而,传说不仅出现了,还有很多种版本。在下面这个版本中,作为主角的高僧不再是玉佛寺的真禅法师,而是龙华寺住持

---

① 这个版本的传说,笔者于2001年10月首次听一位中学老师讲起,后来又听一位出租车司机讲到,情节有较大出入。这里参照了网络上流传的说法,对以前记录的文字有所调整。本章以下引用的上海都市传说,除了笔者听人讲述外,还采自豆瓣、百度百科、天涯、人人、开心、猫扑等网络社区,对文字有所调整。

明旸法师①,故事情节也不尽相同:

> 上海南北高架路与延安路立交桥墩的这个桩子,换了好几个打桩公司就是打不下去,已经延误了工程进度。上海市政工程指挥部报告给国家建设部,请慧远到上海实地观察情况。慧远观察后说:桩子打在龙背上,这条龙100年以后才会搬走。慧远说:办法只有一个,就是请佛教大法师一起来做大法会,请老龙立即搬家。当时,中国佛教协会赵朴初会长,还有几位副会长,各名山寺院的长老,都住进龙华寺。龙华寺的住持明阳大师说:做这个法事要耗费无数修行,为了上海大众的利益,自己愿意舍出性命主持法会,请大家来就是要依靠众位长老的法力,请老龙搬家。法会在施工现场举行,用帷帐围起来,不让外人看到。法会行将结束时,打桩公司开工下钻,桩子就顺利打下去了。按照明阳要求,为了安抚老龙,桥墩上雕塑了九条金龙。做完法事不久,明阳大师就倒下了。他在医院昏迷6年后圆寂。②

明旸法师曾任中国佛教协会副会长、上海市佛教协会会长,晚年卧病在床多年,于2002年7月23日(农历六月十四日)圆寂,跟传说中的描述有诸多吻合之处。与上一个版本相比,虽然都是打桩遇到了龙,这次是让老龙搬家,而不是趁它离开时下钻;雕塑九条龙被说成是为了安抚,而不是压镇。为了让老龙搬家,请来各路

---

① "明旸",网络上大多误作"明阳"。
② 这个版本,笔者2004年听一位佛教信士讲述,他说他是听在浙江天台山某寺院修行的一位上海居士讲的,这位居士自称是明旸大师的皈依弟子。此处对原文做了压缩。

高僧,利用众人的法力撼动老龙。集众僧一起诵经,僧众越多产生的法力越大,是佛教的一贯信仰。① 传说利用了这一信仰,增加了真实可信的感觉。

以上是龙柱传说流传最广的两种讲法。当然还有其他版本,说请来的不是佛教高僧,而是道教的某位高道,打桩不是遇到了龙,而是打到了阴间的鬼门上,结果是为了压镇众鬼而在立交桥的桥墩上雕塑金龙,老道士因泄露天机很快就羽化了。还有其他讲法,说请来的不是高僧高道,而是一位风水大师。有趣的是,每逢遇到上海发生较大事故,如2003年地铁四号线隧道塌方事件,2010年"11·15火灾"事件,或某地发生严重环境污染事件,就会有人说:上海这个城市的风水变坏了,因为修南北高架时,立交桥打桩打断了上海的龙脉,从那以后上海总是多灾多难。

此传说版本众多,几乎每个说法都不一样,但它们有同样的叙事模式(model story):立交桥因打不下桩子而工程受阻,高僧(或高道)查看后发现地下有龙(或鬼门),经过指点(或做法事)桩子顺利打下,此高僧(或高道)却因泄露天机而辞世。传说解释了桥墩上龙雕塑的来历,也用于阐释其他事物或事故。因为高架路的建造过程是很多市民亲身经历、亲眼看见的,所以在讲述这个故事的时候,并没有像欧美人士讲述"消失的搭车客"那样声称是听"一个朋友的朋友"说的②,而是直接以第一见证人的口吻,说自己"亲眼看到"某人某事,或"亲耳听到"自己的妈妈、姐姐、同事或朋友说某事,以此强调故事的真实性。龙柱传说依附于那座现实存在的建

---

① 如西晋竺法护译《佛说盂兰盆经》:目连欲从阿鼻地狱救出母亲,佛祖说:"非汝一人力所奈何,……当须十方众僧威神之力,乃得解脱。"见《大正藏》第16册,第779页。

② "一个朋友的朋友"(friend of a friend)是欧美都市传说研究的常见术语,用以表述信息来源,在传说学中简写为FOAF。

筑物上，涉及的高僧也确有其人，这种对真人、真物、真事的依附，让传说听起来煞有介事，也让很多人信以为真，纷纷加入到讲述队伍。

　　实际上，上海市宗教局干部曾多次出面辟谣①，建设单位在发现这个传说蔓延后也曾经出面做过澄清。② 雕塑家赵志荣在接受记者采访时，也曾清楚地说明了自己当初接受雕塑任务、酝酿主题、完成作品的过程，他坚决否定了"和尚道破天机"等谣传。③ 但是，政府官员、施工单位的干部以及雕塑作者的一再辟谣都无法阻止龙柱传说的传播，相反，它越传越广，越传版本越多，现在香港、台湾乃至于海外华人都在讲述这个传说。欧美一些国家关于上海的旅游导览也开始介绍这个神秘的"九龙柱"了。

---

　　① 笔者曾就这个传说采访过上海市民宗委退休干部潘某，他说他曾经多次在开会时对此事辟谣，但这个谣言还是越传越广。

　　② 上海市政工程建设处的姜某回忆，PM109号墩在施工中确实曾遇到麻烦，打了10个月的桩，隧道公司、三航一公司、耿耿市政公司等单位先后尝试过桩基施工，都达不到设计深度。原因有三：该墩位置以前是杜月笙的公馆，地下曾打过木桩，地质条件比较复杂；边长14.5米的八角形区域内布置28根桩，密度远远超标，打桩时土体相互挤压，加大桩体摩擦系数，增加了打桩的难度；上海当时没有足够重的桩锤，锤击力不够。这些技术层面的原因无人去了解，而神秘的龙柱传说从1995年南北高架建成后就在坊间发酵，演化出多个版本。姜某说：为了"祛魅"这个传说，他寻访了当时亲身参与工程的同事们，并撰写了数千字的材料。他认为工程建设方有必要对此事做出澄清。(史寅昇《延安路"龙柱"只是一个传说》，《东方早报》2012年2月21日A09版)上海市政工程设计研究院的工程师徐激参与了PM109号墩设计，他与姚中伟等人的论文《延安路立交设计》介绍：该桥墩承担4层高架道路的重量，被设计成直径4.2米圆柱，高27米，地下桩长46米。徐激另有论文《延安路立交中心独柱墩设计》。他说此墩迄今仍是上海高架道路中最粗的一根立柱。(两论文见《全国城市桥梁青年科学学术会议论文集》1996年，第313—317, 505—508页)

　　③ 赵志荣在接受上海《青年报》记者采访时回答这件雕塑品产生的背景。他说："当时，确实是因为地基打不下去，但这只是因为地质的原因加上当时设备的局限而已。因为在相对变浅的地基上，如果仍然要负荷同样的承重，整根柱子就必须加粗，而这过分粗壮的柱子便不可避免引来了如何美观的问题。"也就是说，施工单位决定请他做这幅大型雕塑，完全是出于美学的考量。至于他为什么雕塑很多龙，他说是为了表达"龙腾万里"这个主题的需要。(见http://baike.baidu.com/view/3574079.htm)

第三节 龙柱传说的角色与母题

上海的南北高架、延安路高架建设是当年的重大市政工程，也是当代科学技术的杰出成果，但是，在龙柱传说中，时代背景、市政建设蓝图、施工过程、工人的艰辛劳动等都被淡化了，或者根本就没有提及，而原本不存在的和尚道破天机的故事却为人们所津津乐道。在这座高度现代化的大都市里，市民普遍受到过良好的教育，其中近四分之一的人接受过高等教育，但是，人们没有用科学理论或美学原理来描述这座建筑，而是把它纳入"生活世界"，用"前科学"的经验和观念加以阐释①，用传奇故事来描述建设过程，这是很有意思的现象。立交桥墩因为有了雕塑作品而被称作龙柱，它作为记忆形象（figure of memory）成为凝结传统文化记忆的标志物。传说是新近出现的，但它的角色和母题都是传统的，甚至可以说是老套的。

为了剖析龙柱传说的传统性，有必要对其中的角色加以讨论。传说的主角不是工程师、工人或领导干部，而是在当代生活中不太常见的和尚、道士。经过近现代的科学启蒙，以及当代破除迷信运动的洗礼，佛道二教遭受严厉的批判和否定，僧道人物的社会身份也大受质疑。然而，受佛道二教和民间信仰影响的市民仍然很多，高僧高道作为佛道二教的化身，也经常被当作神佛在人间的代表，

---

① 中国当代学者强调运用胡塞尔现象学"生活世界"的理论讨论民俗、民间文学问题，高丙中：《中国人的生活世界：民俗学的路径》（北京：北京大学出版社 2010 年版）、户晓辉：《返回爱与自由的生活世界：纯粹民间文学关键词的哲学阐释》（南京：江苏人民出版社 2010 年版）为其代表性论著，吕微也有多篇重要论文。

他们身上的神性并没有完全消失。龙柱传说中的主角,不管是玉佛寺的真禅法师,龙华寺的明旸法师,或是某位不具姓名的高僧、高道、风水先生,具体是谁、从哪里来并不重要,重要的是他们的宗教身份和角色完成的"功能",即神性人物完成的救世活动。按照普罗普的说法:"角色的功能充当了故事的稳定不变因素,它们不依赖于由谁来完成以及怎样完成。"①出现哪个人物以及他们如何破解迷局都是可变的,关键是神性角色完成的"功能"没有改变。这个传说体现了市民对宗教人物的记忆依旧存在,在当代生活中它还会被激活,用于阐释一些社会现象。

  传说的配角是龙。龙是中国古老的信仰对象。在龙柱传说中,龙被描述成潜藏于地下的神物,是上海风水龙脉的化身。按照风水理论的定义:"龙脉是指地表(外形上)连绵起伏,地中生气相贯通的山脉。"②风水术中的龙脉并非真龙,传说显然误解了龙脉的本义,把龙脉与龙等同起来,说立交桥桩正好打在龙脉上,也就是龙身上,这样就把龙信仰与风水信仰叠合起来了。在跟龙打交道时,做法事让它挪位,或趁它暂离时施工,从而顺利打下桩子,但这也对龙造成了侵扰,为防止它返回后有破坏性行为,要在桥墩上雕饰金龙以为安抚或压镇。传说中透露出市民对龙的敬仰和恐惧。龙的行为取向无法确定,这种不确定性构成了潜在的危险性,并因此引起人们的焦虑。可以看出,龙信仰仍在微妙地影响着当代市民的宗教心理和命运意识。

---

  ① [俄]弗拉基米尔·雅可夫列维奇·普罗普:《故事形态学》,贾放译,北京:中华书局2006年版,第18页。
  ② 刘沛林:《风水:中国人的环境观》,上海:上海三联书店1995年版,第104页。清代孟浩《雪心赋正解》说:"龙者,山之行度起伏转折,变化多端,有似于龙,故以龙名之。"叶九升《山法全书》也说:"龙者何?山之脉也。土乃龙之肉,石乃龙之骨,草乃龙之毛。"风水术中的龙,乃是山形地势如龙,而非真龙。

龙柱传说的基本母题是神人救世。这种母题可以概括为：人们遇到怪物而陷入困境，神人破解危局，社会秩序回归正常。这类故事十分古老，历史上被神化的吕太公、老子、东方朔、郭璞等人，都曾充当这种神人角色。佛道二教流行以后，很多高僧高道也成为这样的神人。神人在变换，怪物也在改变，譬如江西流传的许逊斩蛟的故事，神人变成了许逊，而为害的怪物则是老蛟。明代传说中指点迷津的是晏公，除掉的怪物则是猪婆龙。① 蛟龙、猪婆龙都是危害一方的怪物，虽不是正宗的龙，却是龙的近亲。在下面的传说中，神人是皇帝朱元璋，怪物则是阻碍建城的龙：

> 明初沈万三有聚宝盆，凡金银珠宝纳其中，过夜皆满。太祖筑陵南门，下有龙潭，深不可测，以土石投之，决填不满；太祖取盆投之，下石即满，且诳龙以五更即还。今南门不打五更，至四更即天亮。②

这个南京筑城传说与上海龙柱传说高度相似。明太祖朱元璋在修筑南京城南门时，因地下有深不可测的龙潭，土石永远都填不满。后来朱元璋劝老龙暂时离开，并诳骗它说五更以后就可以返回了。趁着老龙暂离的机会，朱元璋把沈万山的聚宝盆投入龙潭，然后填入土石，聚宝盆又生出大量土石，龙潭很快被填满。老龙回来后发现自己的巢穴不复存在。南门修好后，士卒打更只打到四更，不打五更，以防老龙听到报五更时出来讨要

---

① 郎瑛：《七修类稿》卷十二，见《续修四库全书》第 1123 册，上海：上海古籍出版社 2002 年版，第 93 页。
② 张岱：《夜航船》卷十二，见《续修四库全书》第 1135 册，上海：上海古籍出版社 2002 年版，第 693 页。此传说至今仍在南京流传，由于这个传说的影响，南京南城门（中华门）又被称作"聚宝门"。

龙潭,威胁城池安全。两个传说的相似性主要体现在以下三点,见下表:

相似之处	南京筑城传说	上海龙柱传说
施工遇龙受阻	太祖筑陵南门,下有龙潭,深不可测,以土石投之,决填不满	上海建南北高架立交桥时,因地下有龙,桥桩打不下去
神性人物请龙离开	太祖诳龙暂离,承诺它五更即还;取沈万三聚宝盆投入龙潭,再投入土石,填平龙潭,完成筑城	高僧算准龙暂离的时辰,或通过做法事请龙挪位,乘机施工,完成打桩工程
防范龙的后续措施	城南门不打五更,以防老龙讨要龙宫	在桥墩上雕塑九条金龙,以安抚或镇压龙

两个传说的角色变化和情节差异,都不影响它们的整体相似性。上海龙柱传说是新产生的当代故事,但人物角色和故事母题跟其他民间故事一样,都有其历史继承性。南京人通过筑城传说解释了南城门难建的原因,上海市民通过龙柱传说表达对高架路立交桥建设过程艰难的理解。同样的母题,相似的故事情节,在不同时代被讲述,都用于阐释人们当下所面临的问题。

第四节　都市传说承载的文化记忆

此处使用"承载"一词,是因为这个词在汉语中有比较宽泛的用法,丝毫没有暗示像都市传说这样的民间文学媒介仅是文化信息的中性载体。"媒介并不是承载着过去的、与记忆相关的信息的中性载体。那些看上去需要媒介编码的现实和过去、价值观和标准、同一性纲领,很多时候都是由媒介制造的。"①口头文学作为记忆媒介同样能制造出许多新东西来。

龙柱传说对神人救世、龙、风水的表述,有着古老的宗教文化渊源。过去人们会说这是一种"古老的记忆",但正如德国记忆学家扬·阿斯曼所说:"没有什么记忆可以原封不动地保存过去,留下来的东西只能是'每个时代的社会在其当代参照框架中能够重构的东西'。"②神人、龙、风水的故事在上海高架路建设中被重构,与龙柱这个记忆形象牢固地联系在一起。每当看到龙柱,都会激发起人们对故事的重温,也构成一个故事讲述的契机,并在讲述中将自己的想象和经验建构到故事之中。

这个传说最活跃的讲述人是出租车司机。龙柱位于重要的交通枢纽上,当出租车经过这里时,司机会对乘客(特别是外地乘客)说:"看到没有,前面的柱子上雕刻九条龙。"然后他就开始给乘客讲故事,叙说龙柱的来历,并发表自己的见解。他的见解经常与主流文化观念有一定距离,譬如他会说:"世界上有没有鬼神,有没有龙,谁也说不清楚。"或者说:"风水不一定是迷信,现在最有本事的人都信风水了。"这种见解一方面是他的文化观念的流露,另一方面也意在表明自己所讲的故事是可信的。

在上海发生某些事故的情况下,这个传说也会被部分普通市民讲述,用于阐释事故发生的原因。日常生活中有些市民也会将这个传说作为奇闻异事讲起,用以自娱和娱人,但在谈及一些社会问题时,讲述这个传说更能显示出它的阐释功能。

---

① [德]阿斯特莉特·埃尔:《文学作为集体记忆的媒介》,冯亚琳、[德]阿斯特莉特·埃尔主编:《文化记忆理论读本》,第230页。
② [德]扬·阿斯曼:《集体记忆与文化身份》,陶东风译,陶东风、周宪主编:《文化研究》第11辑,第8页。

宗教信奉者通过讲述这个传说表达自己的信仰；佛教徒对传说中的高僧救世情节十分赞赏，这成为他们赞美法师、增进信仰的证据；道教徒不愿让佛教独擅其美，在讲故事时把高僧置换成高道，以赞美本教法师；一般民间信仰者对佛道二教和各种神祇秉持包容态度，不在意救世者的身份，而强调神灵、风水的真实和灵验。虽然迄今未见信奉者在龙柱前焚香叩拜，但笔者不止一次看到有人面对龙柱合掌。在这座宗教氛围淡漠的大都市里，龙柱正在被宗教信奉者改造成具有象征意义的神物。

美国文化记忆学家大卫·格罗斯（David Gross）把社会文化记忆分为三种历史图式，即宗教图式、政治图式和大众媒介图式。他认为，宗教记忆将大众引向那些负载着信仰和救赎的事件，譬如对关键性的标志、符号及形象的解释，政治记忆的核心是对国王和王国的记忆，而大众媒介所体现的是市场资本的利益。① 在当代中国，记忆的政治图式中没有国王和王国，有的是政治领袖、民族国家及其主流意识形态。行政力量对大众媒体构成掌控，形成巨大的话语权力和场域氛围，从而构筑公共记忆的政治图式；相比之下，宗教图式处于弱势地位，与民间的个体记忆结合在一起，在社会下层潜流暗涌。虽然"一部分经过选择的个人记忆进入公共话语，形成为公共记忆的一部分"②，但是只有合乎主流意识形态的个人记忆才会被选中，进而得到媒体的放大，像龙柱传说这样的民间化个人记忆是无法得到垂青的；相反，从官员、技术人员的辟谣行为中可以看到它所处的被抑制地位。当然，民间的个体记忆也

---

① [美]大卫·格罗斯：《逝去的时间：论晚期现代文化中的记忆与遗忘》，和磊译，见陶东风、周宪主编：《文化研究》第11辑，北京：社会科学文献出版社2011年版，第53—54页。

② 王晓葵：《国家权力、丧葬习俗与公共记忆空间》，《民俗研究》2008年第2期，第10页。

不可能被轻易清除,众多同质化个体记忆本来就是集体记忆的一种体现。民间化的集体记忆在一定社会氛围下处于潜伏状态,被公共话语抑制或无视,但在适当的时机它又会以一定的方式凸显自己的存在,有时会闯入公共话语体系,甚至作为一种文化资源被国家征召和利用。近年我国在"非遗"保护运动中把很多过去被批判的民间文化转变为非物质文化遗产项目,就是很好的例子。当今互联网、手机短信等媒体高度发达,又为口头叙事的文本化、个体记忆的公共化创造了良好的条件。

记忆的体现形式是多种多样的,如口头叙述、图片、文献档案、文学作品、纪念碑、建筑物以及展览会、纪念仪式等,它们共同构成民族文化的"记忆之场"(realms of memory)①。不符合主流意识形态的记忆形式会遭到压抑或清除,其中具有象征意义的纪念物和公开举行的相关仪式首当其冲,较难存留,而自由灵活的民间口头叙事最难禁绝。民间口头叙事是民众心意和观念的表征,有了它文化记忆就能延续其生命。龙柱传说对高架桥墩及其雕塑作品的重构性阐释,让我们看到民间口头叙事还能够扩展它的领地,将普通建筑物和工艺美术作品转化成"圣物",从而在"记忆之场"中拓展自己的场域空间。

在上海都市传说中,类似的案例并不算少,诸如太平洋百货商厦的传说、恒隆广场的传说、漕宝路地铁站的传说、浦东东方路的

---

① 法兰西学士院院士皮埃尔·诺拉带领 120 多位学者于 1984—1992 年间完成的《记忆之场——法国国民意识的文化社会史》一书(共 7 卷),用 5 600 页的篇幅,分析法国近代以来民族国家诞生的过程,法国社会的集体记忆如何被表象化。诺拉认为,记忆之场是指"根据人间的意志或时间的作用,成为象征某些社会共同体的纪念遗产的要素",口述史资料、日记、照片、雕塑、纪念碑、建筑物等,都是记忆之场的构成元素。该书已经成为文化记忆研究的经典著作,被翻译成英、德、日等多种文字。2015 年 8 月,该书的中文节译本(黄艳红等译)已由南京大学出版社出版发行。

传说、上海大学八卦坛传说、吸血鬼博士(或老太婆)的传说、西宝兴路殡仪馆僵尸的传说、同济大学天佑楼的传说、普陀公园阴阳界的传说、龙华寺阴阳河的传说等,也都流传甚广。从这些当代传说中我们可以看到,那些宏伟的建筑是在高僧的指点下建成的,金碧辉煌的摩天大楼是得到神仙护佑的,地铁隧道里是有鬼出没的,大地、河道、大树之中都是有精怪神灵的。城市的兴衰有风水暗中发生作用,人的命运也在神灵的管控下悄然转变。这些情节并非真实的事件过程,而是带有丰富的文学想象。但人们并非通过编造谎言欺骗什么人,而是通过编织故事完成对当下事物或事件的解读。这些传说展示了与历史事实不同的另一种真实,即心理的真实和观念的真实。心理上和观念上的真实,就是文化记忆存在的真实,它对于了解一个城市、一个民族、一个时代的人的文化认知具有重要意义。

第五节　都市传说的意义建构功能

当代科学技术的应用为我们造就出了一座座神奇的城市,它们的外在景观和内部生活方式都在发生着巨变,但这并不意味着市民头脑深处的文化观念也在发生着同样的变化。一般市民的经验理性根本无法深度把握城市的巨变,他们有限的科学知识和逻辑能力也相形见绌,不敷所用,于是转而在"生活世界"里借助于传统文化,凭借自己熟悉的人物角色和故事母题,以文学的方式来阐释这个世界,赋予新建筑以迥异于其实用功能的文化意义。"生活世界"是通过直觉和经验认知的日常世界。也就是说,人们认识社会事物首要的、最基本的方式是前科学的

"原初的直观"方式。科学技术让高大雄伟的建筑诞生,让它们发挥建筑物的社会功能,却无法赋予它们更多的文化意义。人们是在"生活世界"中赋予它们更多意义的,其中一个基本途径便是民间口头文学。

　　文学是人类的生存方式,一种精神化、艺术化的生存方式。文学反映社会生活有"再现"和"表现"两种方法,再现是对现实的模仿,表现是对心理感知的呈现。在上海都市传说中,我们看到的主要是"表现",因而这些传说呈现出自由浪漫的品格,以生动的、形象的方式表达人们对这个世界的理解,以情感的、想象的方式把握这座城市,给物质世界创造了精神的光泽、情感的温馨和诗化的灵性。这些传说是叙事性的,同时也是抒情性的,具有神话的某些特点,所以有人称之为"现代神话"[①]。人们通过编织传说,不自觉地为物质世界建构意义,而研究者则努力发掘和阐释这种意义。科学、技术与宗教、文学不同,科学与技术结合通过实践改变世界,而宗教与文学结合则是通过想象赋予世界以精神和意义。学者的研究又是对这种精神和意义更全面、更深入的阐释,并在一定程度上推进意义建构的过程。

　　人们以文学的方式把握世界,赋予物质世界以精神和意义,这在世界城市发展史上是有普遍性的。科学技术创造出一个坚硬的、冷冰冰的物质世界,而人是不能只靠物质来生存的,他们还有一种追求无限的精神,这是人不同于其他动物的本质特征。人的精神活动追求时空无限性和表现自由性,科学技术不能满足人的这种追求,而宗教却能够提供这样的无限性和自由性。文学想象

[①] 王杰文:《作为文化批评的"当代传说"——"当代传说"研究 30 年(1981—2010)》,《民俗研究》2012 年第 4 期,第 30 页。

力的驰骋开拓了人类的精神空间,创造了诗意的生存方式,也构建了童话般的意义殿堂。因此,上海都市传说虽不是专业作家的文学创作,也算不上高层次的文学作品,但它的基本属性是文学,呈现出自由创造的品格,并在创造中建构文化意义。

同时还应看到,意义建构和文化记忆是紧密联系的。记忆的材料是传统的,但阐释的问题是当下的。通过民间口头文学的意义建构,像龙柱这样的建筑被"圣化",成为记忆之场中的类似于纪念碑的象征物。皮埃尔·诺拉在《记忆之场》中讨论"记忆之场"的三层含义,即实在的(也译作"物质的")、象征的、功能的,三者是相互关联、同时共存的。① 民族记忆通过讲述活动而变得可听可感,通过书写而文本化,变得可识可读,再通过影视制作而视觉化,甚至可以借助雕塑艺术或纪念碑(馆)而物态化。在现实的召唤下,记忆以各种方式被再现和重构。当然,上海都市传说的视觉化尚未出现,物态化是在对建筑物的民间阐释中实现的。民间阐释使龙柱成为具有象征意义的文化纪念物。当众多的建筑物都被当代口头叙事所阐释、所"圣化"时,这些建筑物就变成了一座座文化纪念碑,民间化的、系统性的记忆之场也借此得以形成。

来自民族历史的宗教信仰和口头叙事为意义建构提供了基本材料,由于它们的传统性和连续性,民族记忆得以延续,城市的文化色调得以保持。

(本章写作期间,曾发给陈泳超、施爱东征求意见,并经施爱东推荐刊发于《民族艺术》2014 年第 6 期,特此致谢!)

---

① [法]皮埃尔·诺拉:《记忆之场——法国国民意识的文化社会史》,黄艳红等译,南京:南京大学出版社 2015 年版,第 20 页。

第五章
当代红色歌谣中的文化记忆
——以湘鄂西红色歌谣为例

追溯起来,1934年中央苏区就曾印刷过一本《革命歌谣》,算是红色歌谣最早的集子。但"红色歌谣"这个概念20世纪50年代才出现,在新中国成立十周年之际,全国先后有十余部取名"红色歌谣"的作品集出版。此后,它成为中国大陆一个比较流行的术语。从字面上看,红色歌谣由"红色"和"歌谣"两个部分组成。"红色"是共产党革命的象征,"歌谣"指表现上的民歌、民谣等通俗韵文形式。前者指明了思想主题,后者限定了艺术形式。从历年出版的红色歌谣集和相关学者讨论的情况来看,红色歌谣有广义、狭义之分。广义的红色歌谣,把中国共产党建立以来所有的革命歌谣都包括在内,涵盖了从建党、第一次及第二次国内革命战争,到抗日战争、第三次国内革命战争,乃至于新中国成立以后各时期产生的革命歌谣。狭义的红色歌谣,仅指第二次国内革命战争时期(即红军时期)产生的革命歌谣。《中国现代文学大辞典》就采用狭义概念:"红色歌谣,是对第二次国内革命战争时期苏区歌谣的习惯称谓。……红色歌谣较之旧民歌在思想上艺术上都有新的特色。内容主要是歌颂党的领袖,歌颂红军,歌唱翻身解放的新生活,表现革命斗争,富于革命乐观主义精神和战斗色彩,充分反映了新的历史时代人民群众的觉醒和高涨的革命情绪。形式丰富多样,有山歌、民谣,利用传统曲调配上新词的歌曲和小调等。"[①]本文也采用狭义上的红色歌谣概念,并以湘鄂西苏区的红色歌谣为主要对象展开讨论。但是,本文并不认为所有描写红军时期社会生活的红色歌谣都是当年苏区产生和流行的歌谣,尽管很多搜集者和研究者都这么认为。可以看到,当代中国还在不断产生新的红色歌谣,而且产生数量比以前更多。编创新的红色歌谣是对那个时代革命记忆的一种延续方式。

第一节 湘鄂西苏区对红色歌谣的利用

1927年底到1928年上半年,贺龙、周逸群等人通过发动多次暴动,在湖南、湖北西部地区建立起了湘鄂西革命根据地。在当时白军势力异常强大、红军相对弱小的形势下,共产党特别强调宣传和鼓动工作,从政治上、精神上武装苏区军民。然而,当时民众识字率很低,对书写的标语口号看不懂,开会宣讲的道理也不一定理解得透,于是传统的、通俗易懂的歌谣便成了苏区宣传的良好形式。

这并不是湘鄂西苏区的发明。实际上,共产党一向注重利用通俗歌谣动员民众,苏联的情况暂且不说,就中国而言,1922年的安源大罢工,1923年海丰农民运动,都曾流传一些政治性歌谣。

---

① 陆耀东等:《中国现代文学大辞典》,北京:高等教育出版社1998年版,第499页。

1925年毛泽东在湖南韶山创办的农民夜校,曾用当地民谣编写课本。① 翌年他在担任广东农民运动讲习所所长期间,给农民讲习班设置的课程就有"革命歌",调查科目也有"民歌"。② 他还曾带领学员到韶关地区考察农民运动,让学员收集歌谣几大本。③ 1927年彭湃建立的东江根据地、毛泽东建立的井冈山根据地,都采用民间歌谣做宣传鼓动工作。之后建立的位于赣南闽西地区的中央苏区根据地也重视编创革命歌谣。1929年12月中央苏区根据地的红四军通过的《古田会议决议》是一个影响深远的文件,其中提到红四军宣传工作存在的技术上的缺点就有"革命歌谣简直没有"这一条。针对这一缺点,决议提出的改进办法是:"各政治部负责,征集并编制表现各种群众情绪的革命歌谣,军政治部编制委员会负督促及调查之责。"④决议还规定:对红军士兵进行政治训练时,要讲革命故事、唱革命歌。⑤ 事实上,在古田会议之前,鄂西苏区特委在给中共中央的信件中已经在介绍他们利用歌谣做宣传的经验了。他们在信中写道:"在工农群众中,最容易发生效力的,是歌谣及一切有韵的文字,因为最适合他们的心理,并且容易记忆。所以关于文学方面的宣传,多有使用十二月(调)、十杯酒、闹五更、孟姜女等调,或用十字句、六字句的韵文。"⑥可见,湘鄂西苏

---

　　① 陈晋:《文人毛泽东》,上海:上海人民出版社1997年版,第57页。
　　② 中国人民解放军政治学院党史教研室编:《中共党史参考资料》(三),北京:人民出版社1979年版,第102、105页;亦见[日]竹内实监修:《毛泽东集》补卷(二),(日本)苍苍社1984年版,第194、197页。
　　③ 逄先知、冯蕙主编:《毛泽东年谱(1893—1949)》上卷,北京:中央文献出版社2013年版,第178页;陈晋:《文人毛泽东》,第65页。
　　④ 中共福建省委党校党史研究室:《红四军入闽和古田会议文献资料》,福州:福建人民出版社1979年版,第188页。
　　⑤ 中共福建省委党校党史研究室:《红四军入闽和古田会议文献资料》,第195—196页。
　　⑥ 王焰安:《红色歌谣》,广州:广东人民出版社2010年版,第9页。

区利用歌谣做宣传起步比较早,方法比较多样,而且取得了很好的成效。湘鄂西的红军领导人如周逸群、贺锦斋、段德昌等都曾写过歌谣。相传为段德昌所写的《大马刀》:"大马刀,红缨枪,我到红军把兵当。爱护老百姓,到处受欢迎,遇事问群众,买卖讲公平,一针和一线,不损半分毫。"①通过歌谣宣传红军纪律,生动具体,群众一听就懂。贺锦斋所写的《老子本姓天》,至今仍在湘西、鄂西流传。在民间文学三套集成工作中,湖北洪湖市的文化工作者就收集到了这首歌谣:"老子本姓天,家住洪湖边,有人来捉我,除非是神仙。刀口对刀口,枪尖对枪尖,有我就无你,你死我上天。"②简短通俗的语言,却充满了战斗意志和乐观精神。为了让苏区民众更好地了解苏区政策,甚至红军张贴的布告都用歌谣的形式。如周逸群、贺锦斋一起撰写的下面这份布告:

> 蒋汪合流,出卖革命,三民主义,一纸空文,勾结洋人,庇护豪绅,压迫工农,残害百姓……唯共产党,追求光明,国民革命,后继有人……依靠工农,武装斗争,革命成功,我军宗旨,护国为民,军风军纪,备极严明,所到之处,秋毫无侵,采买物品,概予现金,如有强迫,诈掳奸淫,一经查觉,立正法典,告尔商民,各业营生,郑重声明,安诸无惊。③

布告既有革命形势分析,又有对共产党政治纲领和奋斗目标

---

① 姚莉苹:《湘鄂西苏区红色歌谣生成原因探析》,《吉首大学学报》(社会科学版)2009 年第 6 期,第 113 页。
② 《中国歌谣集成湖北卷·荆州地区歌谣集》,北京:中国民间文艺出版社 1990 年版,第 148 页。
③ 《大庸市革命文化史料汇编》(内部资料),大庸市革命文化史料征集领导小组 1992 年印制,第 43—44 页。

的阐发,同时也有对红军纪律的申明,完全抛弃了一般布告的刻板章法,浅显易懂,方便民众理解。也正因为湘鄂西红军领导人善于运用歌谣,亲自书写歌谣,有几位将领赢得了"上马将军下马诗"的称赞。

毫无疑问,1927年到1937年间中国先后建立的十几个红色根据地都曾经运用歌谣做宣传工作,并收到了很好的社会效果。红色歌谣是当时革命运动的有机组成部分。苏区领导人曾亲自写作歌谣,苏区创办的报刊都刊登过歌谣。瞿秋白在总结利用歌谣教育群众的好处时说:"通俗的歌词对群众教育作用大,没有人写谱就照民歌曲谱填词。好听,好唱,群众熟悉,马上就能流传。"①从红色歌谣存在的实际情况看,各地广泛流传的十二月调、五更调、四季调、十杯酒、孟姜女、信天游、采茶调等民歌、小调都被注入了革命思想,用在了红色歌谣的编创之中。当时的红色歌谣,"对宣传革命思想,鼓舞革命斗志,凝聚革命力量等方面,起到了十分特殊的作用"②。在扩大红军队伍的过程中,红色歌谣也起到很大的鼓动作用。1933年兴国县城的鸡心岭、筲箕窝等地搭起歌台演唱红歌,连唱三天三夜。三天内,地方赤卫队、少先队整营整连加入红军,组建起了兴国模范师、工人师、少共国际师,因此留下了"一首山歌三个师"的说法。③ 近年有研究者说"一支红军歌,能顶六个师"④,比原来的说法又有所夸大。在鄂豫皖苏区情况也一

---

① 李伯钊:《回忆瞿秋白同志》,《人民日报》1950年6月18日,第4版。
② 高有鹏:《红色歌谣是中华珍贵的民族文化遗产》,《民间文化论坛》2011年第3期,第34—35页。
③ 曹成竹:《从"歌谣运动"到"红色歌谣":歌谣的现代文学之旅》,《文艺争鸣》2014年第6期,第92页。
④ 戴军、丘森林、裴霞:《红色歌谣重温激情年代》,《中国文化报》2011年6月27日,第7版。

样,老红军回忆革命歌谣的影响时说:"革命文件不如革命口号,革命口号不如革命歌谣。"①苏区红色歌谣所起到的宣传鼓动作用不可低估。

第二节 当代湘鄂西地区红色歌谣的编创

对湘鄂西苏区红色歌谣的收集、整理和出版比井冈山根据地、中央苏区根据地要晚一些。20世纪50年代湘西、鄂西各县市的文化工作者采集到一批红色歌谣,但数量不多。80年代中后期的民间文学集成活动,又整理出一批红色歌谣,收入到各地民间文学集成的县(市)卷本。古源《扛起梭镖跟贺龙》(1988)、彭佑明《湘鄂西苏区歌谣》(1989)、《湘鄂川黔苏区革命文化史料汇编》(1995)、萧国松《长阳老区歌谣》(2005)等书也载有大量红色歌谣。湘鄂西苏区,连同后来的湘鄂川黔苏区,前后存在8年多,当时并没有人搜集、编印革命歌谣集。对湘鄂西地区红色歌谣的调查、整理和出版主要在80年代中期以后,上距苏区时代已有50年以上的时间(如今距离那个时代更是长达80余年),那么接受调查的老红军、老赤卫队员、老农协干部回忆的苏区歌谣有多大程度是可靠的?红色歌谣集中的诗歌有多少是当年流传的?又有多少是当代人模仿、编创的?这些都成为需要讨论的问题。

第一批红色歌谣集出现于新中国十年大庆前后,即1959年、1960年,其搜集、选编还应稍早一些。当时一下子出版十多部红

---

① 徐光友、徐兴华:《歌声显威力》,《艰苦的历程——中国工农红军第四方面军革命回忆录选辑》上册,北京:人民出版社1984年版,第306页。

色歌谣集,除了在建国十周年之际缅怀革命先烈之外,还有国家领导人提倡搜集民歌的原因。1958年下半年江西省委书记杨尚奎在为《红色歌谣》所写的序言中说,解放后报纸上陆续刊出一些革命歌谣,但领导重视不够,工作并不令人满意,"今年四月间,毛主席指示搜集歌谣,各地党委对这一工作引起了重视,加强了搜集整理工作"①。这里提到了毛主席指示,指的是该年3月22日毛泽东在成都会议上讲到的"搜集民歌问题"②。他提出:请各位同志负个责任,回去搜集点民歌。每人发三五张纸,写写民歌。劳动人民不能写的,找人代写。中国诗的出路,第一条是民歌,第二条是古典,在这个基础上产生出新诗来,形式是民族的,内容应该是现实主义与浪漫主义的对立统一。③ 经毛泽东的提倡,云南省委宣传部在4月初就发出了"组织起来搜集民歌"的通知。4月中旬《人民日报》发表《大规模的收集全国民歌》的社论,认为社会主义的民歌,"是促进生产力的诗歌,是鼓舞人民、团结人民的诗歌"④。此后,大规模搜集、创作新民歌的运动在全国各地迅速展开。郭沫若为此运动擂鼓助威,他写道:"目前的中国真正是诗歌的汪洋大海,诗歌的新宇宙。六亿人民仿佛都是诗人。"⑤实际上,当时绝大多数农民是文盲,不会搜集、创作符合要求的新民歌,这些任务后来都落到了有一定文化水平的干部、学生和军人身上,如创作出的陕西新民歌《我来了》:"天上没有玉皇,地上没有龙王。我就是玉皇,

---

① 杨尚奎:《〈红色歌谣〉序》,《读书》1958年第21期,第16页。
② 《建国以来毛泽东文稿》(第7册),北京:中央文献出版社1992年版,第117页。
③ 中共中央文献研究室编:《毛泽东年谱(1949—1976)》第3卷,中央文献出版社2013年版,第322页;陈晋:《文人毛泽东》,第448页;李锐:《大跃进亲历记》(上),海口:南方出版社1999年版,第262页。
④ 《大规模的收集全国民歌》,《人民日报》1958年4月14日,第1版。
⑤ 郭沫若:《〈大跃进之歌〉序》,《诗刊》1958年第7期,第89页。

我就是龙王。喝令三山五岳开道,我来了!"①这首新民歌流传很广,被视作农民兴修水利时唱出的心声。事实上,这首歌谣是基层文人和刊物编辑共同创作的结果。"据说在水利化劳动中,有个农民创作了前面两句,其他的人替他续上了中间两句,编辑们又替他加上了最后两句,于是一首优秀的民歌就这样产生了。"②如果说这首歌谣前两句发自一位农民之口,应该是可信的;后四句表达的豪情,全然是"大跃进"这个时代的,是当时激情澎湃的文人的创作。农民会否定玉皇、龙王存在,但绝不会自称是玉皇、龙王;但是,经过唯物论熏陶的文化干部就敢于这样写。当时甚至把关进劳改场的文化人都动员起来写诗了。聂绀弩曾描述自己在北大荒被劳动改造时经历的场面:"一天夜晚,正准备睡觉了。指导员忽然来宣布,要每人都做诗,说是上级指示,全国一样,无论什么人都做诗。"③在这种情况下所写的诗,大多是赞美共产党和新中国的颂歌,充满豪情壮志的劳动歌。一些地方也搜集上来一些不同历史时期的革命歌谣。周扬在《红旗》杂志创刊号上发表文章,除了大力赞美新民歌之外,还提倡要搜集各个革命历史时期的歌谣。他说:"湖北省出版的民歌选集中,收了一部分鄂豫皖革命根据地时代的民歌,吉林的民歌中收了一部分抗日联军时代的民歌,这是有意义的。人民用自己的血写成历史,用自己的声音来歌唱。"④跟新民歌一样,这些革命歌谣不一定全是民间流传的,至少有一部分是经过文人加工、整理的新歌谣,有些甚至就是新编创出

---

① 诗刊社编:《新民歌三百首》,北京:中国青年出版社1959年版,第57页。
② 天鹰:《一九五八年中国民歌运动》,上海:上海文艺出版社1959年版,第137页。
③ 聂绀弩:《散宜生诗·自序》,北京:人民文学出版社1982年版,第8页。
④ 周扬:《新民歌开拓了诗歌的新道路》,《红旗》1958年第1期,第37页。

来的作品。

此后,收集、编创红色歌谣的活动从未停止过。经由文化干部和学者的采风活动,对红色歌谣进行收集、编创和结集出版,在建党、建军或建国的大庆之年,显得尤其活跃。应该说,这样的收集、编创和出版活动带有追忆和创作双重性质。追忆苏区流行的歌谣,如果当时没有留下文字记载,经过好几十年时间的损耗,仅凭老红军的记忆,或民间口耳相传,恐怕很难保留当时的面貌;更何况当今文化工作者在搜集、整理基础上模仿、加工的新歌谣,不可避免地会出现虚构、想象,以及适应于现实需要的创作。譬如当今流行的红色歌谣经常用"1927年"这样的年号,当时歌谣恐怕只会出现"民国十六年",不太可能出现公元年,因为当时还没有流行公元年。再比如"毛主席""贺老总"这些称呼,恐怕也是50年代以后新红歌才有的。即以《扛起梭标跟贺龙》为例:"太阳出来满山红,扛起梭标跟贺龙。贺龙跟着共产党,共产党里有毛泽东。"①此歌谣突出毛泽东的地位,把贺龙说成毛泽东的追随者,这与其说是当时情况的反映,不如说是后来二人地位的写照。再如,有些红色歌谣有与资本主义斗争的语句,当时主要是与国民党反动派、与帝国主义斗争,顶多会提及资产阶级,极少出现反对资本主义的句子;而反对资本主义恰好是70年代常见的政治口号,此时的政治思潮融入了红色歌谣之中。当代红色歌谣的编创,是在当代的政治社会环境下完成的,是当代人对红军及苏区生活的想象,而这些想象较多地依据了后来的社会形势,而不完全是苏区当时的情况。

再以《马桑树儿搭灯台》为例。它是一首古老的湘西歌谣,其

---

① 《湘西歌谣大观》编委会编:《湘西歌谣大观》上册,长沙:湖南文艺出版社1990年版,第71页。

源头可以追溯到明朝中期朝廷征召湘西土司兵到江浙沿海抗击倭寇,是土司兵与妻子话别的情歌。1957年湘西桑植县文化工作者采集到它,当时定为汉族革命歌谣。1987年当地在民间文学集成活动中再次采集到它,又认定它为土家族民歌。其歌词如下:

  男:马桑树儿搭灯台,写封书信与姐带。郎去当兵姐在家,我三五两年不回来,你个儿移花别处栽。
  女:马桑树儿搭灯台,写封书信与郎带。你一年不回我一年等,你两年不来我两年挨,钥匙不到锁不开。

1957年、1962年、1979年,《马桑树儿搭灯台》曾三度作为湖南省赴京汇报演出的民歌。但是,"文革"期间"钥匙不到锁不开"这句被认为鄙俗、缺乏革命性,被改为"春天不到花不开"[①]。它原本只有夫妻各5句的对唱,但是经过文人加工,又被加上了5句合唱:"郎去当兵姐在家,二人心中别牵挂,姐在家中勤生产,郎在前方把敌杀,英雄模范戴红花。"[②]加上这5句之后,点明"郎"参加的是红军,"姐"在家中勤劳生产,夫妻双方共同为革命事业而奋斗,"郎"成为红军的战斗英雄,"姐"成为支援红军的生产模范,夫妻一起戴上象征光荣的大红花。改编后的《马桑树儿搭灯台》,在思想上明显拔高,然而,战斗英雄、生产模范共同光荣的观念是抗日战争时期的大生产运动以后开始流行的,现在却已经出现在苏区红色歌谣中了。

---

  ① 姚莉苹:《赤诚、忠贞、信念——湘鄂西苏区红色歌谣〈马桑树儿搭灯台〉的文化解读》,《湖南社会科学》2009年第2期,第162页。
  ② 《湘鄂川黔苏区革命文化史料汇编》,北京:中国书籍出版社1995年版,第417页。

当代出版物中的湘鄂西红色歌谣,除了当时流行的革命歌谣之外,还有相当数量的模仿、加工、编创之作。对于大多数读者来说,两种红色歌谣难以区分。不少研究者也不加区分地将两种红歌都说成是当年苏区流行的歌谣。这些红色歌谣经教育专家选入教科书,推荐给学生阅读,或经文艺专家改编和演出,在当今社会广泛流传,并顺畅地进行着代际的传递,从而由扬·阿斯曼所谓短时的"交往记忆"转化为能对抗时间流逝的"文化记忆"。特别是在革命纪念馆、纪念碑、口述故事、历史读物等构成的记忆之场的各项要素不断完善的情况下,红色歌谣转化为"文化记忆"的趋势已经形成。

第三节　当代湘鄂西红色歌谣的主要内容

如上所述,当代湘鄂西地区出现的红色歌谣分为曾流行于苏区的歌谣和当代整理、编创而来的歌谣两种。由于后者有一定的田野调查和对老红军采访作为依据,在内容和形式上对苏区歌谣有明显的模仿,且数量占绝对优势,所以它们成为红色歌谣的主要成分。两种红色歌谣都描绘苏区社会生活和红军斗争的历程,前者直接脱胎于苏区生活,后者是当代人对苏区生活的想象,但也不是空穴来风。由于苏区歌谣文献的欠缺,我们很难对数量巨大的红色歌谣做逐一鉴别和区分,不妨把它们放在一起考察。这些红色歌谣从内容上可分为以下9类:

1. 诉苦

湘鄂西苏区主要是农村地区,所以诉苦主人公大都是受压迫的农民,包括妇女。此类红色歌谣描写农民的苦难生活,如《苦人泡在苦水里》:"高山岭上一窝棚,房上几个穿风洞,遇上几天连阴雨,娃娃大小顶簸箕,苦人泡在苦水里。"①《月亮一出昏黄黄》:"月亮一出昏黄黄,照见湖中打鱼郎,打得鲜血交老板哎,五尺男儿饿断肠。"②《苦难是自己的》:"儿子是中央军的,婆娘是保长的,谷子是财主的,一条命是区长的,苦难是自己的。"③也表达改变苦难生活的愿望,如《穷人不会穷到头》:"长河不会长河藕,石磙不会满江游,财主不会富到底,穷人不会穷到头。"④诉苦类红色歌谣表现了旧制度的不合理性,从而表明了进行社会革命的必要性,和建立苏区政权的正当性。

2. 描写暴动

湘鄂西苏区是通过共产党领导的一系列暴动建立起来的红色割据政权。暴动是激烈的革命行动,也是红色歌谣描写的中心事件之一。如《唱五更》:"四更里来响四声,我们工农要革命,准备梭镖和枪炮,大家暴动杀敌人。"《暴动歌》:"建立苏维埃,工农来专政,实行共产制,人类进大同。"⑤再如描写贺龙当年两把菜刀闹革命的《菜刀砍出大世界》:"久闻桑植多奇峰,不出真龙出贺龙,菜刀砍出大世界,东南西北一扫通。"⑥描写贺龙感召力的《千山万岭举梭镖》:"枯树劈材不用刀,干柴只等星火烧。贺龙只要绕一绕,千山万岭举梭镖。"⑦暴动是建立红军的第一步,也是开辟苏区根据

---

① 萧国松:《长阳老区歌谣》(内部资料),长阳土家族自治县2005年印,第44页。
② 傅俊生:《洪湖赤子》,长沙:湖南少年儿童出版社1983年版,第185页。
③ 中共湘西土家族苗族自治州委党史研究室:《中国共产党湘西土家族苗族自治州历史(第一卷)(1921—1949)》,北京:中共党史出版社2007年版,第198页。
④ 彭佑明:《湘鄂西苏区歌谣》,北京:中国民间文艺出版社1989年版,第27页。
⑤ 湘鄂川黔根据地革命文化史料汇编编辑小组:《湘鄂川黔根据地革命文化史料汇编》,第371页。
⑥ 《湘鄂川黔苏区革命文化史料汇编》,第321页。
⑦ 《湘鄂川黔苏区革命文化史料汇编》,第384页。

地的开端。

3. 描写打土豪、分田地

湘鄂西苏区落实中国共产党的土地政策,没收地主土地分给农民,当时喊出的口号叫做"打土豪、分田地"。通过这一举措,共产党很好地动员了农民,而农民从获得土地的实惠中理解了苏区政权、红军与自己的密切关系。长阳县有一首描写打土豪、分田地的歌谣:"农民种租地,双手不空闲,历尽难中难,才到打谷关,四六、三七租裸交,衣食不周全。快快团结起来,加入农协会,建立苏维埃,实行分田地,杀尽土豪劣绅,才能享安逸。"①前六句描写农民受到的剥削,后六句写加入农协会实行分田分地的活动。湖北钟祥县流传一首《土改五更》,利用五更调的形式,叙述农民连夜开会斗倒地主、分得田地的过程:

> 一更里,锣鼓响叮,地主心发慌,
> 关在黑屋里暗思量,两眼不住往外望,
> 望什么?望什么?一声吓得他脸发黄!
>
> 二更里,人声闹嚷嚷,穷人到会场,
> 主席站起来把话讲,要找地主来算账!
> 要算账!要算账!血汗不能白流淌。
>
> 三更里,人声吼纷纷,地主跪台根,
> 这个吐苦水,那个把冤伸,

---

① 《中国歌谣集成湖北卷·长阳土家族自治县歌谣分册》,长阳土家族自治县文化局1988年印,第227页。

你说,你说,为什么欺压我穷人?

四更里,穷人哼一声,地主下台子,
扫地滚出门!三大财产全没收,
封他门!封他门!果实全部归穷人。

五更里,穷人笑连声,烧毁旧契约,
大家来把田分,土地牛马回了家,
好高兴,好高兴,穷人翻了身!①

这首歌谣用戏剧化的场面描写,把地主被关押、斗倒的过程,同时也是农民打倒土豪、分得田地和财产的过程,生动地描绘出来。

4. 宣传红军政策

很多红色歌谣用来宣传共产党的政策和主张,让民众了解红军与旧军队的不同,苏区与白区的不同。如湖北长阳土家族自治县的《工农歌》:"我们工农革命军,团结成一心,……打倒那军阀土豪和劣绅,所有反动派不得漏一人,没收地方豪绅大资本,分配给农民。推翻旧社会,建设苏维埃,一切权利归劳动者所有,创造大同世界。"②再如《穷人有了救命王》:"太阳出来暖洋洋,红军来了不纳粮,又分钱来又分米,穷人有了救命王。"③还有很多红色歌谣用于宣传红军纪律,如《十唱红军》:"七唱当红军,纪律很严明,不拿群众一线针,到处受欢迎。/八唱当红军,官兵一条心,不打不骂

---

① 《中国歌谣集成湖北卷·荆州地区歌谣集》,第164页。
② 萧国松:《长阳老区歌谣》(内部资料),第32页。
③ 古源:《扛起梭标跟贺龙》,第88页。

赛亲人,个个官爱兵。/九唱当红军,作风很正经,特别尊重妇女们,从不调戏人。"①还有的歌谣宣传红军的行军纪律、宿营纪律、战场纪律、对俘虏态度等具体政策。

5. 描写参加红军

苏区是依靠红军建立的割据政权,红军是苏区存在的力量保障。湘鄂西从1927年底开始创建红军,后来发展成三万多人的红军队伍。红色歌谣描写了苏区人民送亲人参加红军的场面。有妻送郎参军的,如《郎跟贺龙当红军》:"郎跟贺龙当红军,我带娃娃做阳春,十年不回十年等,总有一天转回程"②;《送郎当红军》:"送郎当红军,勇敢向前进,打胜仗,杀敌人,当个英雄转回程。"③也有父母送儿女参军的,如《送儿送女当红军》:"送儿送女当红军,送一村来又一村,嘱咐儿女把敌杀,得胜回来看双亲。"④还有的歌谣表达了当红军就要无所畏惧,如《要当红军不怕杀》:"要吃辣子不怕辣,要当红军不怕杀,刀子架在脖子上,砍下脑壳碗大疤。"⑤青年人当了红军,就要跟共产党走,如《当兵就要当红军》:"要吃白菜芯,当兵就要当红军,穷人跟着共产党,黑夜有了北斗星。"⑥妇女把丈夫送去参加红军后,自己也以是红军家属而感到自豪,如《红军妻》:"要脑袋,你就取,奴家怎能对你把头低?湖东湖西去打听,谁不知道我是红军妻!"⑦还有《红军妹子好风采》《妇女歌》《儿童团》《少年先锋队歌》等描写妇女、儿童参加红军、农协会、儿童团、少先队

---

① 《湘鄂川黔苏区革命文化史料汇编》,第276页。
② 《湘西歌谣大观》编委会编:《湘西歌谣大观》上册,第71页。
③ 萧国松:《长阳老区歌谣》(内部资料),第132页。
④ 湘鄂川黔根据地革命文化史料汇编编辑小组:《湘鄂川黔根据地革命文化史料汇编》,第295页。
⑤ 《中国歌谣集成湖北卷·荆州地区歌谣集》,第158页。
⑥ 萧国松:《长阳老区歌谣》(内部资料),第60页。
⑦ 古源:《扛起梭标跟贺龙》,第166页。

共同斗争的情况。红色歌谣宣扬当红军光荣、红军家属光荣、男女老少只要参加对敌斗争都光荣的观念。

6. 赞美红军领袖

湘鄂西红军的主要领导人是贺龙,很多红色歌谣描写贺龙的形象,赞美贺龙平易近人、英勇善战、拯救人民的事迹。如《铁树开花结仙桃》:"贺龙到,穷人笑,家家户户放鞭炮,又敲锣,又打鼓,千年穷根要拔掉。/贺龙到,穷人笑,红军哥哥逞英豪,为民众,立功劳,打得北匪告了饶。/贺龙到,穷人笑,打倒劣绅和土豪,苏维埃,红旗飘,铁树开花结仙桃。"①再如《桑植出贺龙》:"桑植出贺龙,名字真威风,走到哪里哪里红,穷人都串通。/穷人喜欢他,同把土豪杀,天天增加人和马,势力渐渐大。"②对其他红军领袖也有描写,但数量都不如写贺龙的多。

7. 描写对红军的帮助

湘鄂西苏区给贫苦农民分田分地,让农民获得了切实的好处,群众拥护红军,为红军做各种后勤保障工作,帮助红军养护伤员,都在歌谣中有所反映。如《我接红军来养伤》:"我接红军来养伤,用斗包谷熬沙糖,一回熬得糖八两,两回熬得一斤糖,慢慢熬给红军尝。"《我帮红军洗军装》:"手提竹篮到湖旁,我帮红军洗军装,情意染透湖乡水,醉得千里荷花香。"③还有湘西的《烧茶安铺迎红军》:"听说红军要进村,大爷大娘好欢心,急忙擦掉眼中泪,烧茶安铺迎红军。"④红色歌谣把红军与百姓的关系描述成鱼水关系,如《红军百姓一家人》:"一棵大树万条根,红军百姓一家人,红军如鱼

---

① 《中国歌谣集成湖北卷·荆州地区歌谣集》,第 154—155 页。
② 《湘鄂川黔苏区革命文化史料汇编》,第 268 页。
③ 彭佑明:《湘鄂西苏区歌谣》,第 39 页。
④ 《湘鄂川黔苏区革命文化史料汇编》,第 324 页。

民如水,鱼水哪能片刻分。"①群众对红军的支持和拥护,也是为了维护自己的胜利成果,所以这种鱼水关系有坚实的利益基础。

8. 描写对红军的热爱

对红军的热爱,一方面是普通民众对红军的爱护,另一方面是青年女子对红军的爱情。前者如《门口挂盏灯》:"睡到半夜过,门口在过兵,婆婆坐起来,侧着耳朵听。不要茶水喝,又不喊百姓,只听脚板响,未见人作声。你们不要怕,这是贺龙军。媳妇快起来,门口点个灯,照在大路上,同志们好行军。"②后者是在民间情歌基础上改编而成,在红色歌谣当中比比皆是。很多古老情歌经过改编或意义上的重新阐释直接转变为红色情歌。前文提到的《马桑树儿搭灯台》就是一个重新阐释的例子(后来的改编反在其次)。改写的例子,如《不嫁红军不甘心》:"一针一线又一针,做双鞋子送红军,先生老板我不爱,不嫁红军不甘心。"③女子为情郎做鞋子,被改写成为红军做鞋子,同时心中只想着嫁给红军。《姐爱红军在心间》:"葛藤上树团团转,姐爱红军在心间;今生爱他五十载,死后还爱一百年。"④以葛藤上树起兴,表达对情郎的爱,现在却被改写为对红军的爱。这种夸张式爱情描写,过去是针对特定的某个情郎,现在是对群体化的红军战士。年轻女子对红军表达如此忠贞不渝的爱情,红军在民众心目中的亲人地位就矗立起来了。

9. 描写送别和思念红军

苏区反围剿失败后,红军被迫离开根据地开始长征,苏区人民通过歌谣表达送别红军和思念红军的情感。这方面最著名的是在

---

① 古源:《扛起梭标跟贺龙》,第134页。
② 《湘鄂川黔苏区革命文化史料汇编》,第322页。
③ 古源:《扛起梭标跟贺龙》,第173页。
④ 彭佑明:《湘鄂西苏区歌谣》,第5页。

江西民歌基础上编创的《十送红军》。后来各个根据地都出现了《十送红军》。湘西桑植县也有《十送红军》:"一送红军出大门,全家老少笑脸泪盈盈。粗茶淡饭未曾尝一口,为着穷人急急忙忙奔前程。二送红军出村口,两脚沉沉抬步难行走。难忘亲人恩情重,千秋万代永远铭记在心头。……"①桑植县还有另一个版本的《十送红军》:"一送红军下南山,秋风细雨满面寒。树树梧桐叶落完,红军几时再回山?……"②可见,《十送红军》被反复模仿,成为送别红军的代表性歌谣。另外,《盼红军》《念红军》《心里的红军撤不走》《想红军,盼红军》《红军今日离普戎》等几十首歌谣,也都属于这一类。这类歌谣大都采用了传统的送情郎、思情郎、盼情郎的曲调,但"情郎"被悄然置换成红军,歌谣主题也转为期盼革命早日胜利、红军早日归来。

湘鄂西地区红色歌谣这9个方面的内容,是今天人们了解苏区生活和民众情感的重要文本依据。它们只有很少一部分是20世纪70年代以前搜集整理出来的,大部分都是最近三十多年调查、整理、编创出来的新作品。这样的调查、整理、编创在各个老苏区都在进行,而尤以井冈山、中央根据地为多。如1977年江西师院中文系的师生在秋收起义50周年和毛泽东去世一周年之际,走访了井冈山地区的退休老干部、老红军战士、老赤卫队员和老暴动队员,并翻阅了一些单位保存下来的有关史料,收集、整理了井冈山斗争时期的红色歌语209首,其中只有20多首曾在解放后发表过。③ 也就是说,这次调查、整理出来的红色歌谣约百分之九十是

---

① 《湘鄂川黔苏区革命文化史料汇编》,第407—408页。
② 《湘鄂川黔苏区革命文化史料汇编》,第419页。
③ 邓家琪:《井冈山斗争时期红色歌谣选》,《江西师范大学学报》1977年第3期,第81页。

第一次发表,那么它们有多少、在多大程度上是当年流行的,又有多少、在多大程度上是师生们创作的,就难以断定了。其实,每次类似的调查、收集和整理活动,都是一次红色歌谣的再生产过程,一直到近年都是如此。

第四节　当代红色歌谣承载的社会记忆

　　各时期、各个根据地的革命歌谣每年都在产生,不断有专集、选集或夹杂在一般民歌集中的红色歌谣发表出来,一部分由作曲家填上曲谱变成了"红歌"。其中第二次国内革命战争时期的红色歌谣,也就是本章讨论的狭义上的红色歌谣,涌现最多,也最受重视。新中国政权是在解放战争胜利以后诞生的,按照常理来说,解放战争时期产生的歌谣时间更晚近,更容易被回忆起来,留存也应该更多,为什么反而是红军时期的歌谣产生最多?为什么红军时期的歌谣,又以井冈山根据地、中央苏区根据地的最多、最受重视?

　　这应和红军时期,特别是井冈山根据地、中央苏区根据地在中国革命中的历史地位有关。红军是中国共产党第一次独立领导的武装力量,苏维埃政权是共产党第一次建立的割据政权。毛泽东领导秋收起义后创立的井冈山革命根据地,确立了共产党对军队的绝对领导、军队内部实行民主制度、官兵平等等原则,并成为中国共产党建军的基本原则。当时提出的枪杆子里面出政权、工农武装割据、农村包围城市、最后夺取全国政权的斗争策略,标志着中国共产党革命路线的形成。这些斗争策略都是在井冈山根据地、中央苏区根据地探索、完善的。那时全国各地发动了一系列暴动和起义,建立起十几个苏区割据政权和红军武装,都在贯彻执行这些策略。井冈山根据地、中央苏区根据地具有创始性质,对于共产党建设的新中国来说具有奠基意义。扬·阿斯曼说:"我们把具有奠基意义的故事称作'神话'。"①这里不妨借用他的表述,对"神话"概念做宽泛的运用。如果把叙述当时起义、暴动、打土豪、分田地的红色故事称作新中国的"创世神话"的话,那么歌唱和赞美当时革命斗争的红色歌谣便可称之为新中国的"创世史诗"。在民间文学领域内,神话与史诗体裁不同,但内容是一样的;同样,这些红色的"创世神话"和"创世史诗"也只在体裁形式上不同,在思想内容上是一致的,所以从主题和内容上,我们可以笼统地把两者都称作"红色神话"。处在创始时期的革命家及其革命实践活动,在这些神话中不断被讲述、反复被歌唱。

从当代收集、编创的这些"红色神话"的情况来看,虽然红军时期距离当今日益遥远,但对那个时代的讲述和歌唱活动仍在持续进行,从来都没有中断过。这些讲述和歌唱不仅是为了追忆过去的光辉革命历程,也是对现实社会的回应。每当共产党在强调自己的政治路线的时候,在强调自己的理想和信念的时候,总会回顾红军时期的革命精神,讲述和歌唱"红色神话"。此时,这些神话就具有了为社会指明方向的作用。因为,"神话是这样一种历史,人们讲述它,是为了让自己在面对自己和世界时可以找到方向;神话又是关于更高级秩序的真理,它不光是绝对正确的,还可以提出规范性要求并拥有定型性力量"②。只有那些有重要意义的过去事件才会被反复回忆。编创红色歌谣可以照亮过去,更主要的是它

---

① [德]扬·阿斯曼:《文化记忆:早期高级文化中的文字、回忆和政治身份》,第72页。
② [德]扬·阿斯曼:《文化记忆:早期高级文化中的文字、回忆和政治身份》,第73页。

可以指明未来。因而,红色歌谣在当代仍被不断编创出来,恰如红色故事不断被创作出来一样,具有服务当下社会的现实意义。

任何一个新政权建立之后,以及该政权领袖人物的地位确立之后,为了证明自身的正当性和合法性,总是不断地回溯自己的本源,寻找自己的光荣传统和光辉历程。第二次国内革命战争时期共产党先后在全国各地建立了十几个革命根据地,按照相同的模式组建红军,遵循相同的斗争策略建立苏维埃政权。共产党在苏区实行的民主、正义、平等、自由等原则,是传统中国的大同世界理想与马克思、恩格斯、列宁对未来社会设想的混合统一体,对于一直受到歧视和压迫的中国下层民众来说,这些原则跟他们通过打土豪分得的田地一样,是一种值得珍惜的胜利果实。湘鄂西红色歌谣,和其他地区的红色歌谣一样,描绘苏区民众截然不同于旧时代的精神面貌,包括他们拥戴苏区政府和红军领袖,积极送儿郎参加红军,在后方通过生产、加工、运输等方式支援红军的斗争。在红色歌谣中,苏区和红军是正义的化身,红军领袖具有非凡的能力和克里斯玛人格特性,经常被比作真龙、太阳或救星。作为现政权源头的红军、苏区政府、革命领袖是深得民心、广受拥戴的,在红色歌谣中被反复讴歌和赞美,这些都是在为当今政权的正当性和合法性提供证据。井冈山根据地、中央苏区根据地红色歌谣最多,毛泽东在红色歌谣中形象最高大,原因也正在于它们能为毛泽东1949年以后在共产党内的领袖地位提供正当性和合法性的支持。从另一个角度来看,某些红军时期的重要领导人(如张国焘)在红色歌谣中没有任何声息和踪迹,不是当时苏区没有歌颂他们,而是他们在当今的社会秩序中失去了正当性和合法性,当代编创的红色歌谣无法支持他们的存在。

红色歌谣是一种文学作品,也是一种宣传革命的文化工具。

在苏区,红色歌谣宣传红军政策、讴歌红军胜利、赞美红军领袖、激发民众对革命的必胜信念,所以有学者说:"红色歌谣是中央苏区和各个根据地革命斗争的历史记录","红色歌谣是革命事业的重要部分。"①今天社会距离红军时期的结束已有近八十年的历史,当年的红军、赤卫队员甚至儿童团员,这些亲历者中在世的越来越少了;即便是亲历者,他们的回忆也越来越不可靠了。那么,当下收集、整理、编创和出版红色歌谣,是否只是对那个革命时代的文学化的、娱乐化的消费?其价值是否已经不再重要了?从以上的分析来看,情况并非如此。作为一种通俗文学作品,大量红色歌谣不断涌现出来,形成一种"集体文本"的社会效应。所谓"集体文本",是德国学者阿斯特莉特·埃尔提出的一个概念。她引用扬·阿斯曼"文学文本只传递不受约束的意义"的说法,然后对集体文本做出界定:"集体文本产生、观察并传播集体记忆的内容","其中文学作品不是作为一个有约束力的元素和文化记忆回忆的对象,而是作为集体的媒介建构和对现实和过去解释的表达工具"。② 大量涌现的集体文本,特别是包括歌谣在内的通俗文学作品,是作为记忆媒介发挥集体记忆的功能。这些通俗文学作品将来也许会被经典化,转化为文化文本;但绝大多数可能逐渐被遗忘,消失在历史长河之中。但是,每个时代都会产生大量的集体文本,它们以互动中循环的方式不断涌现,构建并维系社会的、民族的文化认同。集体文本以旋出旋灭的方式存在,大多数都会被遗忘,但作为社会文化互动的媒介,它所传达的历史观和价值观经过

---

① 高有鹏:《红色歌谣是中华珍贵的民族文化遗产》,《民间文化论坛》2011年第3期,第38、34页。
② [德]阿斯特莉特·埃尔:《文学作为集体记忆的媒介》,冯亚琳、[德]阿斯特莉特·埃尔主编:《文化记忆理论读本》,第238—239页。

沉淀，进入到了这个民族的文化记忆之中。按照扬·阿斯曼的说法："在这种互动中循环着的，是一种经过共同的语言、共同的知识和共同的回忆编码形成的'文化意义'，即共同的价值、经验、期待和理解形成了一种积累，继而制造出了一个社会的'象征意义体系'和'世界观'。"①通过社会性的出版及阅读行为、表演和观赏行为，集体文本引导并陪伴人们对民族历史上的和当代的人物、事件、制度、变革等进行思考和讨论，从而构建起了奠定于共同历史感和价值观的文化同一性和民族身份认同。

红色歌谣在与社会现实的互动中不断产生，展示当代中国民众的共同知识，以回忆的形式编码共同的价值观念和意义体系，是维护和肯定现有社会秩序的一种方式。从这个层面上说，当今红色歌谣的编创仍然是中国"革命事业的重要部分"。

---

① ［德］扬·阿斯曼：《文化记忆：早期高级文化中的文字、回忆和政治身份》，第145—146页。

余　论

　　当代民间文学有口头的创作和传播途径，也有书面的、影视的、网络的创作和传播渠道。作为一种最常见的文学存在形式，民间文学叙述民族生活，描述民族历史，呈现了民族记忆的各个方面。阿斯特莉特·埃尔在讨论文学与记忆的相似性时曾指出："文学和记忆两者以建构的方式实现对现实和过去的阐释。因为文学的'创造世界'的过程和阐释的过程，与集体记忆的过程是完全相似的，所以文学作品非常适合作为记忆媒介。"① 事实上，民间文学也是一种重要的记忆媒介，它每时每刻都在产生，也在消失，以互动中循环的方式传承民族记忆。

第一节　作为民族记忆媒介的民间文学

　　民族记忆不仅包含传统性内容较多的文化记忆，也包含当下国家意识和政治理念的社会记忆。"民族"本身就是文化认同和群

---

① ［德］阿斯特莉特·埃尔：《文学作为集体记忆的媒介》，冯亚琳、［德］阿斯特莉特·埃尔主编：《文化记忆理论读本》，第235页。

体认同的产物,在欧洲它是 19 世纪民族运动中民众对自我身份的重构。在中国,各民族的身份界定比较早,但也比较模糊,而"中华民族"的概念提出和身份界定则更加晚近,是进入 20 世纪以后的事情。民族是政治运动的产物,民族记忆在更多时候也是政治性的。所以扬·阿斯曼指出:"民族记忆不局限于'文化',它还可以随时变得像官方记忆一样具有政治意味。"①"在近代,社会记忆涉入政治领域的程度越深,其相应的有效期就越短"②。原因就在于,民族记忆因文化记忆的稳定而稳固,又因政治记忆的变化而变换。每一次政权更迭都会产生大量的民间文学文本,其中散文体可归入神话、传说和故事,韵文体可归入歌谣、史诗和长篇叙事诗,还有一批格言、谚语、歇后语等。这些文本体裁形式是传统的,角色、母题是类型化的,内容却是新建构的。它们以量取胜,满足人们日常消遣、欣赏的需要,也会被作家统摄进他们的创作之中。

扬·阿斯曼认为"文学文本只传递不受约束的意义",所以他只讨论经典文本的文化记忆功能,而不涉及文学文本的记忆功能。阿斯特莉特·埃尔曾指出:"作为记忆媒介的文学有哪些记忆文化功能和影响方式,关于这个方面的理论还是文学研究中的一个空白。"③为了解读文学文本,特别是每个时代都大量涌现的通俗文学的记忆功能,阿斯特莉特·埃尔提出"集体文本"这一概念。

民间口头文学及其文字文本绝大多数都是瞬生瞬灭,很快被

---

① [德]扬·阿斯曼:《文化记忆:早期高级文化中的文字、回忆和政治身份》,第 140 页。
② [德]扬·阿斯曼、阿莱达·阿斯曼:《昨日重现——媒介与社会记忆》,冯亚琳、[德]阿斯特莉特·埃尔主编:《文化记忆理论读本》,第 29 页。
③ [德]阿斯特莉特·埃尔、安斯加尔·纽宁:《文学研究的记忆纲领:概览》,冯亚琳、[德]阿斯特莉特·埃尔主编:《文化记忆理论读本》,第 225 页。

遗忘殆尽,但作为社会文化互动的媒介,它们也有一小部分因偶然的机缘被保留下来,有的被摄入到作家的创作文本,有的则经历时间的考验而成为经典。它们中间的极小一部分,作为一个时代的痕迹存留下来。它们所承载的历史事象和社会观念也因此沉淀到一个民族的文化记忆之中。

阿斯特莉特在讨论文学的记忆功能时,并没有特意提及民间口头文学及其文字文本,但她所说的通俗文学显然是包括了民间文学的。所以,她的下面这段讨论同样也适用于民间文学:

> 文学作品作为集体记忆的媒介是相当普遍的:诗歌、低俗小说、历史小说、科幻小说或是爱情故事,所有不同体裁和类型的文学作品,不管是流行的消遣文学,还是经典的高雅文学都曾作为、现在也仍作为集体记忆的媒介。它们实现记忆文化多样的功能,比如介绍各种模式以记录生活进程,构建对过去的生活世界的各种想象,传播不同的历史观,寻求各种记忆之间的平衡以及反思集体记忆的过程和问题。文学在记忆文化中发挥着作用。①

在阿斯特莉特看来,各种文学作品,无论低俗小说还是高雅诗歌,从古到今都作为集体记忆的媒介而在记忆文化中发挥作用。因而,作为无孔不入、无处不在的民间文学,其文化记忆的媒介功能更是毋庸置疑。因为我们只能讲述我们记住的东西,甚至可以

---

① [德]阿斯特莉特·埃尔:《文学作为集体记忆的媒介》,冯亚琳、[德]阿斯特莉特·埃尔主编:《文化记忆理论读本》,第227页。

更进一步说,民间口头文学及其文字文本就是我们记忆的表征。

阿斯特莉特把文学体裁当作记忆之场。① 相比之下,民间文学的母题、角色类型乃至主题类型也都可视作记忆之场,因为它们也同样具有民族文化记忆的功能。可以说,民间文学作为民族文化记忆的媒介,既体现于内容,也体现于形式要素之中。

第二节 当代民间文学中民族记忆的特点

要归纳出中国当代民间文学中的民族记忆的特点,需要在时间上对比古代,在地域上对比外国,在文本上对比作家创作。在这样的比照维度下,笔者认为当代中国民间文学中的民族记忆具有传统性、建构性、政治性、有形化等四个特点。

所谓"传统性",指中国当代民间文学中呈现的民族记忆具有传统形式、传统内容等特点。如豫南盘古神话,神话体裁就是一种记忆形式,该体裁预示着将要叙述起源、肇始之类故事;而"盘古"包含的故事情节则是天地开辟、万物创生。在豫南,盘古神话中的农耕记忆、信仰记忆都是传统性的。在各地神话传说中,西王母仍是仙人、不死药的隐喻符号。当代西王母显灵叙事被植入很多新观念,乃至被一些地方打造成中华母亲,但人物角色和故事母题仍是传统的。出现在现代化大都市的上海龙柱传说,其基本母题是传统的"神人救世",即人遇到怪物而陷入困境,神人破解危局,社会秩序回归正常。这类母题十分古老,在两汉魏晋时期的吕太公、

---

① [德]阿斯特莉特·埃尔、安斯加尔·纽宁:《文学研究的记忆纲领:概述》,冯亚琳、[德]阿斯特莉特·埃尔主编:《文化记忆理论读本》,第216页。

东方朔传说中就屡见不鲜,后世也历代翻新,从未中断。红色歌谣的思想内容是时代的,体裁则借用传统民歌的样式,歌调高亢通俗。人们依托于传统民间文学的体裁外壳创作、传播并接受当代故事及其社会思想和价值观念。

建构性,指民间文学对民族记忆的创造性编码、重组和生成。过去我们经常说文学反映社会生活,事实上把文学与社会存在之间的关系仅描述成单向度的反映是不够的。文学反映社会生活,说到底是摹写对社会生活的记忆。阿斯特莉特·埃尔指出,"记忆与文学之间也存在着一种模仿模式",这个"模仿"并非单纯的反映,它会通过"诗化形式"主动创造现实。也就是说,文学具有按照现实生活的逻辑,以形象化、情感化的方式模仿、创造对社会生活的记忆。她说:

> 文学作品首先与文本以外的过去的世界产生联系(模仿第一步),然后对其进行"艺术造型",使之成为虚构的形象(模仿第二步),最后通过读者对其进行"再塑形"(模仿第三步)。这样看来,文学就成了一个主动的、具有建构力的过程,文化意义体系、文学方法和接受实践都同时参与到了这个过程中。它并不是简单地模仿现实,而是先将现实诗化,再"丰富它的形象"。文本外的现实的象征性秩序和在虚构媒介中产生的世界相互影响,相互改变。①

她认为文学有一个主动的、具有建构力的过程。文学反映社

---

① [德]阿斯特莉特·埃尔、安斯加尔·纽宁:《文学研究的记忆纲领:概述》,冯亚琳、[德]阿斯特莉特·埃尔主编:《文化记忆理论读本》,第221—222页。

会,同时也丰富它的形象,并与现实世界相互影响、相互改变;作者(讲述者)参与这一摹仿—建构过程,同时读者(听者)在接受的时候也参与到对现实世界的想象—建构。就民间文学而言,讲述者在表演(创作)过程中已然加入了自己的知识、经验和观念,听者在欣赏的过程中也从自己的角度调动自己的知识、经验和观念来解读和接受。对黄道婆的记忆,不光是讲述者创造的,也是听者在对既往知识、经验反刍的过程中形成的。红色歌谣中红军战士的形象,不仅是作者建构的,也是听众依据既有经验想象出来的。听者理解和接受的效果决定了作品改变民族记忆的效度,以及作品的社会影响力。所以,接受者对民族记忆的建构作用也很重要。

政治性,是说中国当代民间文学经常与作者(表演者)的政治立场、国家的主流意识形态紧密结合在一起。20世纪50年代后期的新民歌运动,可以看到政治理想和革命信念对民歌创作、改编的巨大作用力。当代红色歌谣一直持续保持很高热度,其中的红色记忆正在转化为中华民族文化记忆的一部分。传说也不例外。经叶圣陶改编的牛郎织女传说加入了反封建、反压迫的主题,其中原本的农耕生活理想、家庭矛盾纠纷被淡化。叶氏改编的文本借助于初中语文课本广为传播,当今很多人把它当作受压迫的牛郎、织女反抗作为封建家长和反动势力代表的王母娘娘的传说。上海整理出来的黄道婆传说,也加入了受压迫的童养媳反抗封建家长和黎汉人民反抗朝廷的情节。为了在意识形态上充分挖掘黄道婆的价值,从50年代到80年代,上海、北京的一批专家、记者和地方文化干部把黄道婆打造成了民族文化交流的使者、纺织女工、童养媳、"卑贱者最聪明"的典范等。改革开放以后,海南对黄道婆传说的记忆再造,更多立足于地方利益,做地方化的政治表达。当代民间文学包装、编码后的民族记忆带上了红色的、革命的色彩,哪怕是自古流传的神话、传说、歌谣、史诗也都或多或少被建构出了斗争、反抗的情节,增加了革命的色调。

有形化,是指当代相当多民间文学作品已被改编成电影、电视剧,绘制成连环画或单幅的年画,或者在当今民间文学资源化过程中被造出庙宇、雕像,建成景点或景区,从而让诉诸听觉的口头文本转化为各种形式的视觉或视听艺术。被拍成电影、电视剧,绘制成图画的作品,对民间口头讲述也起到很大的规制作用,从而建构起新的记忆形象。民间口头文学有黏附性特征,传统的风景名胜区总是黏附大量神话、传说。在景区开发过程中,神话传说人物被建庙塑像,故事情节被展示,其中的精神品格也被归纳出来铭刻在石碑或塑像基座上。最近三十多年这种情况越来越常见。盘古、西王母这样的神话人物在一些景区已经被打造成核心元素,围绕他们展现中华民族的起源和历史进程。黄道婆虽不是以传说众多见长的历史人物,但她在当代也被重新挖掘,在海南的一些景区被塑成大理石或青铜雕像,构建她在海南的生活情景。至于红色歌谣、红色故事赞美的革命英雄,各地老区的烈士陵园、苏区纪念馆、红色旧址都会竖立单个或群体塑像,陈列他们的遗物。无形的口头文学通过有形的人物塑像及其遗物呈现出来,构成了民间口头讲述的物质依据。

有时民间传说是在对特定自然物或人造物的解释中演绎出来的。高山、大川、古树、奇石都会衍生出传奇故事,而城市里的高楼、桥梁、道路也会演化出新的传说。上海延安路高架的龙柱传说,就是对桥柱雕塑的解读中生成的。无形的传说依附于有形的物体显示自己的存在,也给这些物体建构出全新的记忆内容。

中国当代民间文学中民族记忆的以上这四个特点,都是在"当代""中国""民间文学"的语境下形成的,因而彼此之间是相互关联的。它们体现了当代民族记忆的多样性和复杂性,同时也凸显了当代民间文学对打造民族记忆的积极贡献。

民间文学从来都不缺乏伟大作品,诸如女娲补天、嫦娥奔月、精卫填海、愚公移山、牛郎织女、梁祝化蝶等故事,不仅展现了我们民族丰富的想象力,而且对铸造民族记忆也起到很大作用。《旧约》原本是希伯来人的神话传说集,后来转变成了宗教圣典,也成为扬·阿斯曼所说的文化文本。这种转化在任何一个民族都会发生。民间文学是一种记忆媒介,同时也是一种潜在的经典文本,它们在文本生成过程中建构意义,在文本接受过程中延续民族记忆的基本内容。

参考文献

古代文献
《穆天子传》,上海:上海古籍出版社1990年影印本。
司马迁:《史记》,北京:中华书局1959年版。
王明:《太平经合校》,北京:中华书局1960年版。
欧阳询:《艺文类聚》,上海:上海古籍出版社1982年版。
陶宗仪:《南村辍耕录》,北京:中华书局1959年版。
彭定求等校点:《全唐诗》,北京:中华书局1960年版。

当代国内论著
诗刊社编:《新民歌三百首》,北京:中国青年出版社1959年版。
天鹰:《一九五八年中国民歌运动》,上海:上海文艺出版社1959年版。
钟敬文:《民间文学概论》,上海:上海文艺出版社1980年版。
户晓辉:《现代性与民间文学》,北京:社会科学文献出版社2004年版。
万建中:《民间文学引论》,北京:北京大学出版社2006年版。
张振犁:《中原神话研究》,上海:上海社会科学院出版社2009年版。
杨利慧:《神话与神话学》,北京:北京师范大学出版社2009年版。
冯亚琳:《德语文学中的文化记忆与民族价值观》,北京:中国社会科学出版社2013年版。
陶东风、周宪主编:《文化研究》第11辑,北京:社会科学文献出版社

2011年版。

欧阳可惺等编:《民族叙述:文化认同、记忆与建构》,广州:暨南大学出版社2013年版。

张渊、王孝俭主编:《黄道婆研究》,上海:上海社会科学院出版社1994年版。

陈澄泉、宋浩杰主编:《被更乌泾名天下——黄道婆文化国际研讨会论文集》,上海:上海古籍出版社2007年版。

黎兴汤:《黄道婆研究》,北京:改革出版社1991年版。

谭晓静:《文化失忆与记忆重构——黄道婆文化解读》,北京:人民出版社2013年版。

马卉欣编著:《盘古之神》,上海:上海文艺出版社1993年版。

马卉欣编著:《盘古之神》(修订本),北京:中国炎黄文化出版社2007年版。

张正、王瑜廷主编:《盘古神话》,郑州:中州古籍出版社2006年版。

张正主编:《盘古山故事》,郑州:中州古籍出版社2009年。

高瑞远编:《桐柏山盘古神话集》,北京:中国文联出版社2005年版。

张怀群等:《泾川文化遗产录》,北京:中国文史出版社2011年版。

张怀群:《圣地泾川·西王母祖祠圣地》,兰州:甘肃文化出版社2009年版。

陈晋:《文人毛泽东》,上海:上海人民出版社1997年版。

逄先知、冯蕙主编:《毛泽东年谱(1893—1949)》,北京:中央文献出版社2013年版。

《建国以来毛泽东文稿》,北京:中央文献出版社1992年版。

《红四军入闽和古田会议文献资料》,福州:福建人民出版社1979年版。

古源:《扛起梭标跟贺龙》,北京:中国民间文艺出版社1988年版。

彭佑明:《湘鄂西苏区歌谣》,北京:中国民间文艺出版社1989年版。

《中国歌谣集成湖北卷·荆州地区歌谣集》,北京:中国民间文艺出版社1990年版。

《湘鄂川黔苏区革命文化史料汇编》,北京:中国书籍出版社1995

年版。

《大庸市革命文化史料汇编》(内部资料),大庸市革命文化史料征集领导小组 1992 年印制。

萧国松:《长阳老区歌谣》(内部资料),长阳土家族自治县 2005 年印。

国外论著

[美]保罗·康纳顿:《社会如何记忆》,纳日碧力戈译,上海:上海人民出版社 2000 年版。

[美]本尼迪克特·安德森:《想象的共同体:民族主义的起源与散布》,吴叡人译,上海:上海人民出版社 2003 年版。

[美]扬·哈罗德·布鲁范德:《消失的搭车客:美国都市传说及其意义》,李杨、王珏纯译,桂林:广西师范大学出版社 2006 年版。

[美]理查德·鲍曼:《作为表演的口头艺术》,杨利慧、安德明译,桂林:广西师范大学出版社 2008 年版。

[法]莫里斯·哈布瓦赫:《论集体记忆》,毕然、郭金华译,上海:上海人民出版社 2002 年版。

[法]皮埃尔·诺拉:《记忆之场——法国国民意识的文化社会史》,黄艳红等译,南京:南京大学出版社 2015 年版。

[德]扬·阿斯曼:《文化记忆:早期高级文化中的文字、回忆和政治身份》,金寿福、黄晓晨译,北京:北京大学出版社 2015 年版。

[德]阿莱达·阿斯曼:《回忆空间——文化记忆的形式和变迁》,潘璐译,北京:北京大学出版社 2016 年版。

冯亚琳、[德]阿斯特莉特·埃尔主编:《文化记忆理论读本》,北京:北京大学出版社 2012 年版。

[英]保尔·汤普逊:《过去的声音——口述史》,覃方明等译,沈阳:辽宁教育出版社 2000 年版。

[英]E. 霍布斯鲍姆、T. 兰格:《传统的发明》,顾杭、庞冠群译,南京:译林出版社 2004 年版。

[俄]弗拉基米尔·雅科夫列维奇·普罗普:《故事形态学》,贾放译,北京:中华书局 2006 年版。

国内外论文

周扬:《新民歌开拓了诗歌的新道路》,《红旗》1958 年第 1 期。

郭沫若:《〈大跃进之歌〉序》,《诗刊》1958 年第 7 期。

邓家琪:《井冈山斗争时期红色歌谣选》,《江西师范大学学报》1977 年第 3 期。

张家驹:《黄道婆与上海棉纺织业》,《学术月刊》1958 年第 8 期。

延培:《我国古代杰出的纺织家黄道婆》,《旅行家》1958 年第 3 期。

顾延培:《中国棉纺织技术革新的鼻祖黄道婆》,《农业考古》1983 年第 2 期。

黎兴汤:《黄道婆籍贯族属之我见》,《民族研究》1991 年第 6 期。

柯杨:《甘肃泾川与西王母民俗文化》,《寻根》1999 年第 5 期。

陈泳超:《关于"神话复原"的学理分析——以伏羲女娲与"洪水后兄妹配偶再殖人类"神话为例》,《民俗研究》2002 年第 3 期。

冯秀英:《信息化背景下民间文学理论体系重构的思考》,《云南民族大学学报》2013 年第 4 期。

张敦福、魏泉:《解析都市传说的理论视角》,《民间文化论坛》2006 年第 6 期。

姚莉苹:《赤诚、忠贞、信念——湘鄂西苏区红色歌谣〈马桑树儿搭灯台〉的文化解读》,《湖南社会科学》2009 年第 2 期。

姚莉苹:《湘鄂西苏区红色歌谣生成原因探析》,《吉首大学学报》(社会科学版)2009 年第 6 期。

孙绍先:《"黄道婆"叙事的国家策略》,《天涯》2011 年第 6 期。

王晓葵:《国家权力、丧葬习俗与公共记忆空间》,《民俗研究》2008 年第 2 期。

高有鹏:《红色歌谣是中华珍贵的民族文化遗产》,《民间文化论坛》2011 年第 3 期。

王杰文:《作为文化批评的"当代传说"——"当代传说"研究 30 年(1981—2010)》,《民俗研究》2012 年第 4 期。

沈关宝、杨丽:《社会记忆及其建构——关于黄道婆的集体记忆研究》,《东岳论丛》2012 年第 12 期。

杨汉瑜:《论网络文学的民间性创作立场》,《西南民族大学学报》2013年第4期。

曹成竹:《从"歌谣运动"到"红色歌谣":歌谣的现代文学之旅》,《文艺争鸣》2014年第6期。

[德]库恩:《关于黄道婆(13世纪)的传说——从纺织专家到种艺英雄》,胡萍译,《农业考古》1992年第3期。

[德]扬·阿斯曼:《有文字的和无文字的——对记忆的记录及其发展》,王霄冰译,《中国海洋大学学报》(社会科学版)2004年第6期。

[日]岩本通弥:《作为方法的记忆——民俗学研究中"记忆"概念的有效性》,王晓葵译,《文化遗产》2010年第4期。

王项飞:《农业村落信仰民俗的文化结构和现代适应研究——以甘肃泾川西王母信仰为个案》,西北民族大学2006年硕士论文。